子持ち主婦がメイドイビリ好きの悪役令嬢に転生して育児スキルをフル活用したら、乙女ゲームの世界が変わりました

Characters 登場人物紹介
イザベル
ワーキングマザーだった前世を持つ公爵令嬢。乙女ゲームの「悪役令嬢」で、メイドイビリをしているという噂が広まるほど、元は我儘な性格だった。記憶が戻ってからは自ら修道院行きを決め、心身ともに切磋琢磨することに。
アルフレッド
イザベルの義兄で、攻略対象者でもある公爵家の後継者。以前は我儘し放題のイザベルと距離を置いていたが、次第に態度が変わり……？
ヘンリー
リスタリア王国の王太子。メイン攻略対象者らしく文武両道で、圧倒的なキラキラオーラをまとった美形。

リュカ
学園の臨時講師で、魔法省の大臣。成人男性だが、魔力を温存するために普段は子供の姿をしている。
マリア
ゲームヒロインである男爵令嬢。メイドイビリの噂を鵜呑みにして、最初はイザベルのことを非難していたが……
クロエ
訳あって修道院で暮らしていた、侯爵家の令嬢。とある出来事をきっかけに、イザベルに忠誠を誓う。
アーサー
クロエの兄で、侯爵家の令息。攻略対象者の一人で、騎士を目指している。

第一章　はじまり

キィィィィン‼


「……？　ベル！　聞いてるのか、イザベル‼」

激しい耳鳴りがして、それと同時に頭に衝撃が走る。

あまりの強さに、思わず頭を押さえてふらついてしまった。

「うっ⁉　あ、頭が、割れ……っ」

頭が割れそうな激痛に耐え切れず目を瞑《つぶ》ると、脳裏にある光景が過《よぎ》る。

自転車の前後に子供達を乗せ、青信号を渡ろうとペダルを漕ぎ出した瞬間、横から猛烈なスピードで迫る黒いワゴン車。

これは、もしかして私が体験した事故の光景？

（あ、ダメ、意識……が……）

全身の力が抜け、今度は身体にガツンと強い衝撃が走る。

「イザベル⁉　た、大変だっ！　誰か医者を呼べ、早く‼」

「キャーーーッ！　イザベル！」

「ベル!?　ベルーーッ!!」

遠くで男性の悲鳴にも似た叫び声や、女性に少年の大きな声も聞こえる。

でも、起き上がろうとしても、私の身体はピクリとも動かない。

しばらく周りの騒がしい音が聞こえていたが、その後どうなったかは記憶がないので分からない。

周りの声が聞こえなくなってからだろうか、とある記憶が蘇《よみがえ》る。

幼子を抱えながらスーパーの特売コーナーで食材をゲットする姿や、子供達と泥だらけになりながら公園で遊ぶ姿、保育園のお迎え時間ギリギリまで必死に仕事をして自転車を爆走させる姿。

詳しいことはあまり思い出せないが、どうやら私は子育て中のワーキングマザーで、目が回るほど忙しい毎日を過ごしていたようだ。

倒れる前に見たあの光景は、きっと私が亡くなる前の事故の記憶……そう、「前世の記憶」だ。

あの時にいた子供達はどうなってしまったの？　あれ、そういえば、子供達の名前……駄目だ、何も思い出せない。

楽しかったことも、大変だったことも、子供達と過ごしたはずの記憶が全て……

それに、思い出そうとするとなんだか急にぼんやりして、強制的に思考が停止する。

子供達と離れた悲しみも、不安も、後悔も、何も感じない。……そう、ショックのあまりそこだけ見えないように蓋《ふた》をされたような感じだ。

その代わり、頭に流れてくるのは今の身体の持ち主の情報。どうやら私は転生していたらしい。

「イザベル」と呼ばれる私の正式な名前は、イザベル・フォン・アルノー。

ここ、リスタリア王国の公爵令嬢で、蝶よ花よと育てられた生粋《きっすい》の箱入り娘である。

身体の弱かったお母様は、私を出産した後、早々に亡くなってしまった。そんな私を気の毒に思ったお父様はしばらくして再婚し、新たなお義母様《かあさま》を迎えた。

お義母様《かあさま》にはすでに一人息子のアルフ義兄様《にいさま》がいたが、実子と分け隔てなく血の繋《つな》がらない私に接してくれた。

お父様もそれは変わらなかったが、やはり血の繋《つな》がった娘が可愛いのだろう。大層私を甘やかして育てた。その教育方針に最初は苦言を呈していた周りの人達も、お父様の頑なな態度に、最後は諦めてしまったようだった。

こうして、私は順調に我儘《わがまま》で高慢な性格へと育っていった。

好きなことは、食べること、寝ること、着飾ること、そしてメイドイビリ。

ただし、イビリが酷過ぎてメイドの離職率が高く、今まで優しく注意していたお父様もとうとう我慢の限界が来たらしい。

『今まで散々言い聞かせてきたが、もう許さん！　お前をネスメ女子修道院送りにする！　そこで今までの行いについてしっかり反省してきなさい！』

そう宣言された後、私は前世の記憶を取り戻したようだった。

ネスメ女子修道院――

テレス教という、世界の創始者とされる女神を祀《まつ》る宗教を信仰し、修道女が祈りと労働を中心に共同生活をする施設だ。

しかし、裏では多額のお布施《ふせ》と引き換えに訳ありの貴族の令嬢達を受け入れ、厳しい再教育を施《ほどこ》す更生施設として有名だった。

ネスメ女子修道院に入れるぞ！　と脅されれば、大抵の令嬢達は泣いて許しを乞う。貴族の親からしてみれば都合の良い切り札的存在とも言えた。

今までの私なら自分のしたことを反省などせず、お父様に泣き付き許しを乞うたはずだ。

しかし、記憶が戻った今、自分のしてきたことがいかに愚かだったか、初めて認識出来た。

ああ、イザベルはなんて傲慢で我儘《わがまま》な振る舞いをしていたのかしら。

子育て中だった前世の私からしてみれば、こんな恵まれた環境にいて親に感謝するどころか、世界は自分中心に回っていて当然とばかりに我儘《わがまま》し放題のイザベルがどうにも許せなかった。

そして、どうしようもない娘に成長しても見捨てることなく、更生させようと苦渋の決断をしたお父様の思いに胸が苦しくなる。

今のままの私では、きっとそう遠くない将来、アルノー家に恥をかかせてしまう。更生するなら、このタイミングしかない。

お父様、お義母様《かあさま》、アルフ義兄様《にいさま》に恥じない公爵令嬢になるためにも、修道院に行って甘ったれた性格を直して来ましょう。そして、辞めてしまったメイド達のために、せめてもの償いとして労働をして社会貢献をいたしましょう。

そんなことを考えていると、ふっと額《ひたい》に冷たい物が触れた。

「……お嬢様！　お加減はいかがですか？」

この声は、侍女のアニーね。

目を開けると、栗色の髪をお団子にして給仕服に身を包んだいつものアニーの姿。

目を見張るほどの美人ではないものの整った顔立ちをしており、ピシッとした立ち姿が美しい侍女だ。

「アニー？」

「急に起き上がってはいけません！　すぐに医者を呼んで参りますから、そのまま横になっていて下さい！」

アニーはそう言うと、バタバタと慌ただしくその場を後にした。

全く、アニーったら。淑女たるもの、あんな風に足音を立てて走るなんて……

ここでハッと自分のある思考の癖に気付く。

ああ、そうか。イザベルは気高き淑女教育の一環として、礼儀やマナーのなっていないメイドに厳しく当たってしまったんだ。ただ、やり方に問題があったようね。

そんなことを考えながら、天蓋《てんがい》付きのベッドにゴロンと横になる。

この部屋は自室ではなく客室用のようだ。倒れた場所から近い部屋だから、慌てた家族がここに運んだのかもしれない。自室も豪華なベッドだけど、ここのベッドも広くてとてもフカフカだ。

それにしても、天蓋《てんがい》付きのベッドってどうやって掃除しているのかしら。このカーテンって洗えるのかな？

主婦目線で部屋の中を確認していると、ふと鏡に映る自分の姿が目に入る。

ん？　なんだ、この既視感。

自身の姿に見覚えがあるのは当然なんだけど……あっ!!

そ、そうだ。この顔、ゲームで見たことがあるんだ！

前世の私は産前休暇中、身重の身体で遠出が出来ないため、暇潰しとして乙女ゲームをプレイしていた。

確かタイトルは「イケメン達の花園～私を社交界へ連れ出して～」だったかな？　ああ、年を取るとどうも記憶が曖昧《あいまい》だわ。

そんな中でもはっきり覚えているのが、今鏡に映っている私の姿。そう、そのゲームに登場した悪役令嬢なのだ。

ゆったりとウェーブのかかった腰までのライトブルーの髪に、つり目がちでどこかキツい印象を与える瑠璃色《るりいろ》の瞳が印象的な美人。

例えて言うなら、某国民的アニメに出てくる黒髪の美少女戦士のような、どこか神秘的な魅力のある美人って感じ。ああ、例えが古い？　前世での年齢がバレそうね、あははは。……って、それどころじゃなかった。

あまりに非現実的なシチュエーションだけど、前世ではあり得ないような髪色と瞳の色の組み合わせは、ここがゲームの世界であると自身を納得させるには充分な材料だ。

鏡をじっと見つめながら己《おのれ》の容姿を改めて確認していると、つい前世の見慣れたそれと比較してしまう。

前世の私なんて、仕事と育児の疲れで目の下の隈《くま》が酷かった。美容院の時間が取れず中途半端に伸びっぱなしのボサボサな髪、子供達との外遊びで出来たまだらな日焼けに、年々酷くなっていくシミ、シワ、ソバカス。

まぁ、はっきり言ってしまえば、くたびれた中年女だった。

それが、目を見張るような美人に生まれ変わるなんて。

神様がいるなら、きっと前世の私を不憫《ふびん》に思って容姿だけでもグレードアップさせてくれたのかもしれない。でも、体型はちょっと絞った方が良さそう。ぽっちゃりしていて、二の腕やお腹にはタプタプ揺れる贅肉《ぜいにく》が付いているし。

普通、悪役令嬢って言ったら美人でスレンダーボディなのがテンプレじゃない？

ゲーム製作者の趣向なのか悪意なのか、悪役令嬢のイザベルはぽっちゃり体型で、ゲーム内でも度々お茶会でお菓子を食べているシーンがあった。

確かに記憶の中のイザベルは、食べること、寝ることが趣味で、プロポーションの維持などせず、好きな時に好きなだけお菓子を食べるという自堕落な生活を送っていたようだ。

修道院に行ったら働きつつダイエットを頑張らないと。

それより、もっと困ったことがある。

ここは乙女ゲームの世界であり、自身が悪役令嬢という立場であることまでは何となく理解出来たものの、ゲームの内容が全く思い出せない。

普通さ、転生って言ったらゲームの流れが分かっていて、その知識をフル活用してハッピーエンドってのがお決まりじゃないの？

それに転生先が悪役令嬢ってことは、断罪フラグがあるわけでしょ？　全然覚えていないのに、
私、どうしたら良いの!?

ああ、今後を考えると頭が痛い……

一人頭を抱えてうんうん悩んでいると、急に外が騒がしくなった。

アニーが誰か連れて来たのかしら。

扉が開き勢いよく入って来たのは、グレーアッシュの短髪を後ろに撫で付けた、切れ長な瞳が印象的なダンディなおじ様と、医者のような恰好の男。

お父様とお医者様ね。

「イザベル!!　あぁ、良かった。どこか痛いところはないか？」

「お父様、わたくし――」

再び身体を起こそうとすると、近くにいたお医者様に止められる。

「急に動いてはなりません。まずは異常がないか調べなければ」

強制的に寝かされ、お医者様に身体の状態を隈《くま》なくチェックされる。

そうこうしているうちに、お義母様《かあさま》とアルフ義兄様《にいさま》の声も聞こえてきた。

「ベル！　目を覚ましたんだね！」

黒髪を綺麗に結ったドレス姿のお義母様《かあさま》と、同じく黒髪を後ろで一纏《ひとまと》めにしたアルフ義兄様《にいさま》が部屋に入ってくる。

二人は目に涙を浮かべながら、寝ている私の側に駆け寄りベッドに縋《すが》り付いた。

なんだか大事《おおごと》になってしまって申し訳ないわね……

やがて身体の状態の確認が終わったようで、お医者様がしゃべり始めた。

「お嬢様のお身体に異常はなさそうですね。もう起き上がっても大丈夫でしょう」

「そうか。急に呼び出して悪かったな。もう下がっていいぞ」

お父様はお医者様とのやりとりを終えると、私に向き直った。

「あー、イザベル。先程のネスメ女子修道院の件だが、やはり取り止めに――」

「お父様、私、修道院に行きます」

「は？」

「私、修道院で自身の歪んだ性格と根性を叩き直して参ります」

「イ、イザベル、いきなり何を言っているんだ。ネスメ女子修道院だぞ!?　その意味を分かっているのか？」

「はい、存じております」

「ちょっと良いかしら」

私の隣で話を聞いていたお義母様《かあさま》が口を挟む。美女が神妙な面持《おもも》ちで語ると、前世の私より妙に説得力を感じるのは気のせいかしら。うん、気のせいってことにしておこう。

「私はイザベルの成長を近くで見守ってきました。この子は根は優しく正義感があり、とても賢い子です。ただ……最近のイザベルを見ていると、周囲から適切な教育を受けられず、本来の良い部

分が曇ってしまっているように感じていました」

お義母様《かあさま》は言葉を選びつつも、それとなく私の素行について触れる。

愛情を感じる言葉に、私の良心が痛む。

「ネスメ女子修道院に行かせることに対して、私も最初は反対でした。今もその選択について躊躇《ためら》いがあります。ですが、私からの忠告や教育ではイザベルの心に届かないのが現状です。そして、今のままでは将来とても苦労することになるでしょう」

そういえば、皆が呆れて何も言わなくなる中、お義母様《かあさま》だけは根気強く態度を改めるよう諫《いさ》め続けてくれていたっけ。家庭教師も何度か代えていたし、かなり苦労をさせていたようだ。

「お義母様《かあさま》、今まで苦労を掛けてごめんなさい。お義母様《かあさま》は私を見捨てずにいてくれたのに」

「イザベル……」

「そんなお義母様《かあさま》にこれ以上迷惑をかけたくない。私は、私を変えたいんです」

そう力強く言うと、お義母様《かあさま》の目がみるみるうちに潤《うる》んでくる。

しかし、母としての威厳を保つためなのか、溢れそうになるそれを堪《こら》えて静かな口調で話を続ける。

「ネスメ女子修道院は過酷な環境ですよ。それに、一度入ればしばらくはそこでの生活を余儀なくされるでしょう。それでも貴女の意思は変わりませんか？」

「はい、お義母様《かあさま》」

お義母様《かあさま》は真摯《しんし》な眼差しで私を見つめると、深く頷いてお父様に視線を移した。

「貴方、私はこの子の意見に賛成ですわ」

「し、しかし」

「私は今まで貴方の教育方針について幾度《いくど》となく進言してきました。このままのイザベルではいずれ社交界で恥をかくことになると。社交界デビューまではまだ猶予《ゆうよ》がありますが、悠長に構えていてはあっという間に時間が過ぎてしまいます。この子の意思も確認出来たことですし、一度修道院に行かせてもいいと思いますよ」

「ううむ」

「貴方もイザベルの行動には手を焼いていたではありませんか。それに、修道院の話は貴方から持ち出したのをお忘れですか？」

「うっ！　そ、それは」

「愛娘を溺愛する気持ちは分かりますが、それではこの子のためになりません。血の繋《つな》がりがない私にとってもイザベルは可愛い娘です。だからこそ、ここで教育をし直すのも親の務めだと思うのです」

「うむ……」

お父様が腕組みをして考え込んでいると、アルフ義兄様《にいさま》が話し掛けてきた。

「ベル、いいのかい？　このままだと本当にネスメ女子修道院に行くことになってしまうよ」

「アルフ義兄様《にいさま》、覚悟は出来ています。私、甘ったれた根性を鍛え直して参ります」

私の発言にアルフ義兄様《にいさま》は目を見開いている。まぁ、我儘《わがまま》し放題の義妹がいきなりこんなことを言い出したら、普通びっくりするよね。

「本当にどうしちゃったの？　発言がまるで別人のようだよ」

別人、か。確かにそうかもしれない。

前世の記憶がある今の私は、もう以前のイザベルと同じではないはずだ。

「アルフ義兄様《にいさま》にも散々ご迷惑をお掛けいたしました。今まで我儘《わがまま》ばかり言ってごめんなさい」

「えっ⁉　……う、うん」

そんな風に私とアルフ義兄様《にいさま》が話し込んでいる間に、お父様はお義母様《かあさま》に説得されたようだ。

「ネスメ女子修道院へは侍女も付けられない上に、最低限の荷物しか持ち込めない。それに加えて毎日労働をすると聞いている。今まで働いたことのないお前にとっては辛い環境になるだろう。……本当に大丈夫なのか」

もちろん、私の決意は変わらない。

「はい。ネスメ女子修道院で今までの行いを反省して参ります」

「そうか、分かった。では、気持ちの整理が付いたら声を掛けてくれ」

「いえ、その時間は必要ございません」

「は？」

「これから荷物を纏《まと》めますので、終わり次第出ていきます。今までありがとうございました」

そう、何事も最初が肝心。このままダラダラしていると決心が鈍りそうだし、早く行動に移しましょう。

そう思いベッドから勢い良く身を起こし、家族に向かって一礼をする。

家族があんぐりと口を開けたままその場で固まっている中、私は自室へ向かった。

部屋に戻りクローゼットを開けると、色とりどりのドレス達がズラリと並んでいる。

うーん、どのドレスもヒラヒラしていて一人で着るのが大変そうね。

ガサガサと中を漁《あさ》っていると、一人でも着られるような簡素なドレスが奥から出てきた。

おお、これなら着脱しやすそう。前世のワンピースに近いデザインだ。

他にも同じような服を数枚と替えの下着を数セット、クシなどの身支度に必要な最低限の小物をトランクに詰め込み、立ち上がる。

ふぅ、しばらくこの部屋ともお別れね。

しんみりしていると、扉をノックする音が聞こえた。

「ベル。ちょっと、いいかな」

アルフ義兄様《にいさま》が私の部屋を訪れるなんて今までなかったのに、一体何の用事かしら？

返事をして扉を開けると、そこには神妙な面持《おもも》ちのアルフ義兄様《にいさま》が立っていた。

あれ、さっきは気付かなかったけど、どこか既視感が……

そうだ、思い出した！

アルフレッド・フォン・アルノー、十四歳。

肩までの黒髪を後ろに一纏《ひとまと》めにし、切れ長の黒い瞳を持つ穏やかな美形。

「イケメン達の花園」にこんな顔立ちをしたキャラクターがいたじゃない！

ええ!?　アルフ義兄様《にいさま》が攻略対象者だなんて……！

思わず固まる私を不審に思ったのだろう、アルフ義兄様《にいさま》の表情が曇る。

「やっぱり体調が優れないいんじゃ……」

アルフ義兄様《にいさま》は私に熱がないか確認しようとしたのか、顔に手を伸ばしてきた。

しかし、攻略対象者だと分かった今、素直にアルフ義兄と接触するわけにはいかない。

あっ、まずい。ついアルフ義兄様《にいさま》の手を払い退けてしまったわ！

「ベル、やっぱり君、少しおかしいよ。いきなり修道院に行くって言い出したり、今だって……。

これまで僕にベッタリだったのに、一体どうしたの？」

私は今まで、お義母様《かあさま》に小言を言われるたびに優しいアルフ義兄様《にいさま》に泣き付いてきた。

アルフ義兄様《にいさま》はアルノー家の跡取りとして厳しい教育を受けており、何かと忙しい。だけど私はそんなことなどお構いなしに無理矢理アルフ義兄様《にいさま》をお茶に付き合わせ、散々お義母様《かあさま》の愚痴を聞いてもらっていた。

アルフ義兄様《にいさま》は呆れながらも、自分の後をくっついて離れない妹の存在が可愛かったのか、邪険にすることなく接してくれた。

そんな容姿端麗で優しいアルフ義兄様《にいさま》が、自慢で大好きだった。

しかし、攻略対象者と思い出した今では、気軽にアルフ義兄様《にいさま》と接触することは難しい。

大好きだった相手とこんな風に距離を取らなければならないのは、心苦しいわね……

でも、アルフ義兄様《にいさま》はあと数年もすれば、貴族や金持ちの令息令嬢、それに強い魔力保持者しか通えない名門の学園で寮生活を送る。

アルフ義兄様《にいさま》が入学する前の数年間を修道院でやり過ごせば、ほぼ顔を合わせることはないだろう。

それに、他の攻略対象者が出てきたとしても、修道院にいる間は接触せずに済むはず！

労働は大変かもしれないけど、今までワンオペのワーママとして全てを一人でこなして来たんだもの。ネスメ修道院に行っても、どうにかなるはずよ！　いや、どうにもならなくても根性でどうにかするし！

「お、おほほほ、何でもありませんわ。ちょっと考え事をしていて、手が滑ってしまいました」

「本当に？　やっぱり修道院に行くのはやめた方が良いよ。僕がお義父様に話して来るから、ここで待――」

「いいえ！　私は、反省の意味も込めて修道院に行く必要がありますわ。荷物は纏《まと》めましたので、もう出て行きます。それでは！」

「え!?　ベル、まだ話が」

「お父様とお義母様《かあさま》だわ！　挨拶《あいさつ》をして参りますので、アルフ義兄様《にいさま》もどうかお元気で！」

アルフ義兄様《にいさま》は私を引き留めようとするが、お父様とお義母様《かあさま》が廊下を曲がってこちらへやって来るのが見えたので、両親への挨拶《あいさつ》を理由に無理矢理話を切り上げる。

私は目の前のトランクを引っ掴《つか》むと、お父様とお義母様《かあさま》のもとへ急いだ。

「イザベル、そんなに慌てなくてもいいんじゃないかい？」

「そうですよ、何も今日出て行かなくてもいいのではないですか」

「お父様、お義母様《かあさま》。私は今の心持ちのままで旅立ちたいのです。もしこの先辛くなったとしても、この気持ちを思い出せるように」

もちろんイザベルの甘ったれた根性をどうにかしたい気持ちもあるが、今はどちらかというと攻略対象者から離れて生活をすることで断罪フラグを回避したいのです——とは、口が裂けても言えない。

「……分かりました。外にはいつもの馬車が用意されています。決心が鈍らないうちに行くといいでしょう」

「ありがとうございます」

お義母様《かあさま》はそう言うものの名残《なごり》惜しいのか、馬車まで急ぐ私の側を離れようとしない。もちろんお父様と何か言いたげなアルフ義兄様《にいさま》もぞろぞろと付いてきた。

「あちらに着いたら必ず手紙を寄越しなさい。それと、体調が優れなかったり辛いことが続くようであれば、早めに連絡をするように。分かりましたね」

「はい、お義母様《かあさま》」

馬車の目の前までたどり着くと、私はみんなに向かってお辞儀をした。

「お父様、お義母様《かあさま》、アルフ義兄様《にいさま》。しばらく家を空けますが、どうかお元気で」

別れの言葉を聞くや否や、お父様の目から大粒の涙がこぼれる。

「イザベル！　う、うう……」

「ちょっと貴方、この子の前で涙を見せるなとあれほど念押ししたばかりなのに！　イザベル、道中はくれぐれも気を付けるのですよ」

そう言うお義母様《かあさま》の目も、今にも溢れそうな涙でいっぱいだ。

最後に、両親の後ろにいたアルフ義兄様《にいさま》が私の前にやって来た。

「ベル、君に聞きたいことはたくさんあるけど……手紙を出すよ。どうか身体だけは大事にね」

「ありがとうございます、アルフ義兄様《にいさま》もお元気で」

まだ納得しきれていないのか、なんとも複雑そうな表情のアルフ義兄様《にいさま》。

でも、ここで話し込んでしまったら出発しづらくなるので、私は心を鬼にして馬車に乗り込んだ。

「皆様、行ってきます！」

扉が閉まりしばらくすると、静かに馬車は動き出す。

家族達は、私の姿が見えなくなるまで手を振っていた。

☆　☆　☆

はぁ、ついに一人で家を出てしまったわ。

ガタガタと揺れる馬車に身を委《ゆだ》ねながら、私は窓の外をぼんやり眺める。

今まで家の外に出る時は親か侍女が必ず付き添っていたから、イザベルはこうして一人で馬車に乗るのも初めてなのよね。

前世との境遇の違いを改めて実感する。

——それに、前世と違うといえば、やっぱり魔法の存在。

イザベルの記憶によると、この世界には魔法という不思議な力があり、心臓や血液と同じように体内に魔力が巡っているらしい。

身体能力にバラ付きがあるのと同じく、魔力の量も人によって様々だが、力のある者が権力を握るのは万国共通のようで、この世界では魔力が強い者が政権を握り、国を支配していた過去があった。

その名残《なごり》で、一般的に平民より貴族の方が魔力を強く有する傾向にあるのだという。

ちなみに、魔力は大まかに火・水・風・地・光・闇の六属性に分かれており、特に光と闇の魔力は特別視されていた。それにはこの世界の歴史が深く関わっている。

——って、考えれば考えるほど、前世にはない知識が出てくるわ。面白いからこのまま湧き出てくる知識でおさらいすることにしましょう。

どこまでいったんだっけ……そうそう、歴史上、光の魔力を持つ者は巫女と呼ばれ、この世界に蔓延《はびこ》る魔獣を淘汰するため、浄化という力を使い人々を救ったとされている。

それに対し、闇の魔力は強力な破壊魔法が特徴で、通常は魔獣達の頂点に君臨する魔王が持っている力らしい。

稀《まれ》に魔王じゃなくても闇の魔力を持つ人間がいるらしいけど、理由はよく分かっていないみたい。

魔法省のトップも闇の魔力を持っていて、魔王の動向を監視しているんだって。

ま、それだけ光と闇の魔力を持った人は貴重ってことね。

ちなみに、この国の住人は幼少期に魔法省の管轄機関で一斉検査を受けることになっており、魔力が強い者や光や闇の魔力を保有する者の選別が行われる。

そこで選ばれた者は国の貴重な外交力として、本人の意思に関係なく王宮や魔法省に管理されるそうだ。

私は一斉検査の時に火の魔力があり、魔力も平均的だと判断されたので、無縁の話だけども。

長い間考え込んでいたのか、ふと窓から外を見ると見慣れた景色からすっかり様変わりしていた。

向こうの小高い丘の上に、古い大きな建物が立っているのが見える。

古いけど立派な建物ね。あ、もしかして、これがネスメ女子修道院かしら？

そんなことをぼんやり考えていると、馬車の外から御者が声を掛けてきた。

「お嬢様、間もなくネスメ女子修道院に到着しますので、お支度をお願いいたします」

想像より大きい施設だけど、きっと寄付金がっぽりもらっているんだろうなぁ……

って、いけない、いけない。前世の癖でついゲスいことを考えてしまったわ。

フルフルと頭を振り思考を切り替えているうちに、馬車は速度を落とし建物の前に停まる。

建物の入り口まで来た私は、立派な扉の前で深呼吸をした。

スーハー、スーハー。よしっ、気合は充分！　いざ、突入!!

扉に手を掛けた途端、バンッ！　と勢いよく扉が開いた。

うわわわっ！　後ろに倒れる!?

「きゃっ、あいたたた」

「まぁ、大丈夫ですか!?」

うう、地味におしりが痛い。

尻餅をついた私に手を差し伸べたのは、ゆったりした紺色の修道服に身を包んだ、おっとり顔の壮年の修道女だ。

差し出された修道女の手を掴《つか》むと、そのまま引っ張り上げてくれる。

やれやれ、初端《しょっぱな》からとんだ目に遭ったわ。

「ごめんなさい、怪我はしていないかしら」

「ええ、尻餅をついただけですから問題ありませんわ」

修道女は私に怪我がないことを知りほっとした様子だが、私の身なりを見るなり、おやと首を傾げる。

「あら、その装《よそお》いにその荷物。もしかしてアルノー家のご令嬢でいらっしゃいますか？」

「は、はい。私はイザベル・フォン・アルノー。アルノー家の娘でございます」

「やはりそうでしたか。ああ、申し遅れました、私はここの修道院長のヴァレリーと申します。立ち話も何ですし、まずは中へどうぞ」

なんと、ただの修道女ではなくここの長《おさ》だったのね!? 失礼のないように気を付けなきゃ！

アワアワする私を他所《よそ》に、ヴァレリー院長は優雅に微笑みながら扉を開けて中に通してくれた。

わぁ、高い天井！　一歩中に入ると、そこは外観からは想像出来ない壮大な空間が広がっていた。

無数の天窓や正面のステンドグラスから差す光のせいか、神秘的な美しさが加わっている。

「ここは大聖堂。修道女達は、毎日朝と晩にここに来て女神に祈りを捧げます。それ以外にも、身分問わず様々な教徒達が祈りを捧げに来る神聖な場ですわ。と、堅苦しい説明は後にして、まずは応接室に行きましょう。どうぞ、こちらへ」

ヴァレリー院長に案内されるまま扉の奥へ進むと、そこは回廊になっており広い中庭が見える。更に先を進むと、こぢんまりした建物が見えてきた。

ヴァレリー院長が扉を開けると、中には修道院とは思えないほど豪華なソファと机の応接セットが置かれている。

「まずはこちらにお掛け下さい」

「はい、ありがとうございます」

「今お茶をご用意いたしますわ。ダージリン、アッサム……あっ、ハーブティーもあったわね。どんな味がお好みかしら」

ヴァレリー院長はどこか楽しそうにお茶を淹れる準備を始める。

「では、お言葉に甘えてダージリンをお願いいたします」

「まぁ、奇遇ですわね。私も紅茶はダージリンが一番好きなんです。……さぁ、出来ましたわ。熱いのでお気を付けて」

そっと優雅な手付きで出された紅茶と、彩り豊かな添え菓子。

そのお菓子達を見て、私のお腹はグゥウウウ‼　と大きく鳴った。

ぎゃあっ、恥ずかしい！　ああ、そういえば断罪フラグから逃げることに必死で、昼食取るのを忘れていたんだっけ。

お腹の轟音《ごうおん》が聞こえてしまったのか、ヴァレリー院長はふふっと笑うと奥から追加のお菓子を持って来てくれた。

「教徒達からいただいた物ですが、食べきれずに余っているのです。よろしければこちらもいかが？」

「あ、ありがとうございます」

初対面でお腹の音を聞かれた挙句に空腹を気遣われるって、令嬢としてどうなのよ。

しかし、まだ十代で育ちざかりのイザベル。そして、目の前にはとっても美味《おい》しそうなお菓子達。その誘惑になんて勝てない……じゅるり。

「では、お言葉に甘えていただきます」

羞恥心《しゅうちしん》より食欲の方が勝った私は、ありがたく追加のお菓子も纏《まと》めて頂戴することにした。

和《なご》やかな空気の中、遠慮なくお菓子をもぐもぐ頬張っていると、コンコンッと小さいノック音が聞こえた。

「はいはい、どなたかしら」

ヴァレリー院長が立ち上がり扉を開けると、そこにはエプロン姿の三十代半ばと思われる修道女がシャンとした姿勢で立っていた。

「院長、失礼いたします。本日見習いの者が来るとのことで、こちらに伺《うかが》ったのですが」

「ああ、ちょうど良いタイミングだったわね」

ヴァレリー院長はそのまま修道女を招き入れると、追加のお茶を淹れ始めた。

キビキビした様子のこの修道女、前世なら仕事の出来る先輩って感じ。

なんとなく前世の職場の上司に似ているわ。

「さぁさぁ、立ち話も何ですし、貴女もお座りなさい」

「院長、ありがたいのですが、今人手が足りないんです。ちょうど子供達がお昼寝から起きる時間なので、早く持ち場に戻らなければ」

「あら、もうそんな時間？　ならイザベル様に、早く当修道院のことについて説明しなければいけないわね」

ヴァレリー院長はそう言うと、すっと目を細めて私を見つめる。

先程の穏やかな顔とは打って変わって、どこか厳《おごそ》かなその表情にすっかりビビった私は、貪り食べていたお菓子を置いて背筋を伸ばした。

「イザベル様、この修道院の裏の顔をご存知？」

「は、はい」

ヴァレリー院長はニコリと笑うが、その目は鋭いままで、笑顔とはほど遠い威圧感を放っている。

す、すごい圧だわ。私、ここでやっていけるかしら。

「それなら話が早いですわね。この修道院は令嬢達の更生施設——要は問題児を教育し直す場です。イザベル様も身に覚えがあるのではなくて？」

「……はい、ございます」

「そうでしょうとも。イザベル様は『メイドイビリ好きな令嬢』だなんて、裏で囁《ささや》かれているくらいですから。おほほほ」

な、なんて失礼な奴がいるのかしら！　その者を不敬罪で訴えてやる！

……って、あれ？　事実を言われただけなのに、なんでこんなにイライラするんだろう。

「まぁ、ここで貴女の今までの行動についてとやかく言っても仕方ありませんので、これから己《おのれ》のしてきたことをその身をもって体験していただきますわ。まず最初に、令嬢の皆様の適性を見るために簡単な仕事をしていただきます。そして、適性に合った仕事を与えますので、ここを出るまでの間働いていただくことになります」

「はい」

素直に頷く私に、修道院長は驚いた様子を見せる。

「まぁ、随分素直に受け入れて下さるのね。事前の情報とは違うわね……。それなら早く話を進めましょう。ルーシー、彼女を連れて行って頂戴」

隣に座っていたルーシーと呼ばれた修道女は立ち上がり、ヴァレリー院長に一礼をする。

「畏《かしこ》まりました。イザベルさん、行きますよ。ついていらっしゃい」

「は、はい！」

私は慌てて立ち上がり、修道女の後に付いて行く。

「私の名前はルーシー。この修道院に併設されている孤児院の責任者です。ここでは身分に関係なく貴女に接しますから、そのつもりでいて下さい」

「分かりました」

「時間がないので詳しい説明は後にしますが、まずは子供達の相手をしてもらいます。この回廊を真っ直ぐ行った先に建物が見えると思いますが、そこが孤児院です。今日貴女が仕事をする場所になります」

ああ、なんだか早歩きなところも前世の上司に似ているな。

そういえば前世の職場、いきなり私がいなくなって大丈夫だったかしら。

「……イザベルさん？　イザベルさん、聞いていますか」

「は、はい！　聞いています」

「それならしっかり返事をしなさい。全く、先が思いやられるわ」

ルーシーさんはブツブツ文句を言いながらも先を急ぐ。

って、返事しなかっただけでそんなに怒らなくてもいいじゃない！　平民のくせに不敬にも程があるわ！

……ん、あれ？　まただ。私はなんでこんなにイライラしてしまうんだろう？

先程のヴァレリー院長の時もそうだったが、当たり前のことを指摘されただけなのに。

もしかして、イザベルが高慢に振る舞っていた態度が癖として残っているのだろうか？

仮にそうだとしたら、これから矯正していかないと。修道院を出たら以前のイザベルに逆戻りしてしまった、なんてことになったら大変だ。

そんなことを考えながらルーシーさんに付いて行くと、窓や扉に可愛らしい装飾の施《ほどこ》された建物に到着した。

「さ、着きましたよ。ここでは新生児から六歳までの身寄りのない子供達が生活をしています。まずはこの建物にいる子供達の遊び相手をしてもらいますので、こちらへどうぞ」

ルーシーさんが扉を開けると、わっと賑やかな声が聞こえてきた。

「ルーシー、おかえり！」

「うわーん！　僕のオモチャ!!」

「キャハハハッ！　こっちこっち！」

ルーシーさんに駆け寄る子、ドタバタと走り回る子、ギャン泣きする子、様々だ。

こ、この光景はまるで保育園だわ！

「はいはい、みんな！　まずは散らかったおもちゃを片付けないとおやつを出せないわよ。修道女達と一緒にお片付けをしましょう」

「はーい!!」

「イザベルさん、子供達のおやつを用意するので私は一旦この場を離れます。子供達に危険がないように見守りをお願いいます」

そう言ってルーシーさんは慌ただしくその場を離れる。

んー、見守りって言われてもどうしたらいいのかよく分からないわね。まずは皆と一緒に片付けようかしら。

散乱したおもちゃを黙々と拾っていると、一人の幼児がトコトコやって来てドレスの裾を引っ張った。

「ん？　どうしたの？」

「うんち、でた」

「え⁉」

その子の着ていたズボンを軽く引っ張り、上からおしりを覗き込む。

あ、これ前世でよくやっていた育児中の癖なのよね。おしり付近をクンクンして、匂いで判断することも出来る。

「あらあら、本当だ。おしり綺麗にしないと。洗い場と着替えはどこかな」

なにぶん初めての場所なので、どこに何があるのかが分からない。

キョロキョロと辺りを見ていると、その子が指を差して私に教えてくれた。

「お水でるところ、あっち」

「教えてくれてありがとう！　着替えを探してくるから待っていて！」

ちょうどおやつの準備をしていたルーシーさんの姿が見えたので、呼び止める。

「ルーシーさん、お忙しいところにすみません。子供達の着替えはどこにありますか？」

「着替え？　すぐそこの棚にありますが」

「ありがとうございます！　ちなみに汚物ってどう処理していますか？」

「え？　洗い場の隣に子供用の厠《かわや》がありますので、そこに流していますが」

「そうですか、ありがとうございます！　では洗い場まで行って来ます！」

「あっ、ちょっと」

あっ、大変。さっきの子がウロウロし始めているわ！

急いで先程の場所に向かい、子供と目線が合うよう中腰になる。

うぐぐ。身体が重いし、腹肉が食い込んで邪魔だわ。早く痩せたい。

「こーら、勝手に動いちゃダメよ。おやつの前に、まずはおしりを綺麗にしましょうね」

その子が移動しないように片手を繋《つな》ぎ、念のためその場で着替えを確認する。

よし、前世にもあった、前合わせのシャツとズボンのようなタイプの服みたい。これなら私一人でも着せられそうだ。

「さ、洗い場に行こう！」

その子に手を引かれて場所を案内してもらう。

洗い場に着くと、ささっと下の服を脱がせておしりを洗い、厠《かわや》で汚物を処理する。

あ、汚れた服はどうしたらいいのか聞くのを忘れた！　仕方ない、一旦服を持ち帰ってルーシーさんに聞きに行こう。

「貴女、確か公爵令嬢よね？　幼児のお世話が出来るなんて……」

うわ、びっくりした！

急に声を掛けられて背後を振り返ると、ルーシーさんが唖然とした様子で私を見ていた。

マズイ、前世の子育て経験から勝手に身体が動いちゃったけど、そんなこと言えないし。

言い訳を必死に考えていると、ルーシーさんはガシッと私の肩を掴《つか》んだ。

「よし、貴女にはここで働いてもらいましょう！　ちょうど人手も足りなかったし、即戦力になりそうで良かったわ!!」

きっと猫の手も借りたいほど忙しいのだろう。余計な詮索されなくて良かった。

「あとは私が処理しますので、イザベルさんは子供達と一緒におやつを食べて下さい」

「はい！　分かりました」

元気良く返事をした私は、幼児と手を繋《つな》いで一緒に歩く。

ふとルーシーさんの姿を見ると、手早く汚れた服を予洗いし隅にある籠《かご》に入れているようだ。後で他の洗濯物と纏《まと》めて洗っているのかもしれない。

よし、汚れた服の処理方法は覚えたぞ。

広場まで戻ると、すでに子供達はおやつを食べ始めている。端の空いた席に座ると、近くにいた修道女がおやつを持って来てくれた。

おお、今日のおやつはふかし芋かしら。いい匂いで美味《おい》しそう。

「いただきます」と小声で言い、芋を一口かじる。んー、優しいお味！

モリモリ食べてあっという間に完食した私に、ルーシーさんが声を掛けた。

「まだイザベルさんの部屋を教えていなかったので、これからご案内します」

そっか、これから住み込みで仕事をするから部屋が与えられるのね。一体どんなお部屋なのかしら。

返事をしてルーシーさんに付いて行くと、奥まった場所にずらっと扉が並んでいるのが見えた。

ルーシーさんは一番端の部屋を開ける。

おお、ここが私の部屋か。こぢんまりしているけど清掃はされているみたいだし、居心地も悪くなさそう。

「ここがイザベルさんの部屋で、荷物はあちらに置いてあります。修道服はここに掛けてあるものを着ていただきます。今日は私が着方を教えますから、明日からは一人で身支度をお願いしますね」

ああ、そっか。ここに連れて来られるのは基本的に令嬢ばかりだから、最初は細かく教えてくれるのね。

でも、掛かっている服は普通サイズっぽいし、イザベルはぽっちゃり体型だからなぁ。万が一、服が入らなかったりしたらちょっと気まずいから、一人で試着したいかも。

「ありがとうございます。でも、この服なら一人でも着替えが出来そうなので大丈夫ですわ」

私の言葉に、ルーシーさんは聞いていた性格と随分違うわね、というように首を傾げる。

「そうですか。では外で控えていますので、何かあれば声を掛けて下さい」

ルーシーさんが出て行くと、さっそくロッカーの修道服を身体に当てて鏡を見る。

うーん、まぁ、ギリギリ着られるかしら。

試しに着てみるけど……う、やっぱりお腹回りがキツいかもしれない。

鏡で確認すると、お腹の辺りがパツパツになっている。

「イザベルさん、大丈夫ですか」

「は、はい！」

やば、ゆっくり試着し過ぎたかしら。慌てて扉を開けると、ルーシーさんは気まずそうな顔で私のお腹回りを見つめた。

うん、言いたいことはよく分かる。私も思ったもん、パツパツだって。

「服の着脱は大丈夫そうですけど、その……他のサイズがないか後で確認してきますね」

ううう、仮にも公爵令嬢なのに、贅肉《ぜいにく》で服がピチピチとか恥ずかし過ぎる！　絶対痩せてやるぅ！

「荷物の整理も必要でしょうし、三十分ほどお部屋で待機して下さい。その後は外に出て子供達の相手をしてもらいます。ここの窓から見て右側一帯の原っぱが子供達の遊び場になっているので、あちらの角で待ち合わせしましょう」

「分かりました」

荷物と言ってもそんなにたくさんの物はないのよね。

ササッと片付けて建物の外に出ると、子供達の元気な声が聞こえてきた。

「ワルモノが来るぞーー!!」

「きゃーー!!」

みんなで追いかけっこをしているのかしら、元気が良くていいわね。

あれ？　あんなところに一人で遊んでいる子がいる。それに、あの子も。

普通なら子供達同士で遊んだりするのに、何となく他人に興味がないようなその子達の様子に違和感を覚える。様子を窺《うかが》っていると、ドンッと背中に衝撃が走った。

「どうわっ⁉」

何事かと思って振り向くと、四、五歳くらいの女の子が背中にがっしりとしがみ付いていた。肩までのオレンジ色の髪と、くりくりおめめが愛らしい。

「あーびっくりした。急にどうしたの？　あ、私は新入りのイザベルっていうの。よろしくね！」

女の子はベッタリ張り付いて離れようとしない。あらあら、困ったわね。これじゃ歩けないわ。

「ねぇ、おねえちゃんはすぐいなくなったりしない？」

「え？　う、うーん」

いつまでいるかは決まっていないが、数年はここにいないとアルフ義兄様《にいさま》と同じ家で生活しなくてはならなくなってしまう。

そうなると必然的に断罪フラグが立つ可能性が高くなるわけで、私としては非常に困るのだ。

「そうね、すぐにいなくなったりはしないよ」

希望も込めてそう言うと、女の子はにっこりと笑う。ああ、子供の笑顔って本当に可愛いなぁ。

「じゃあ、おねえちゃんはリリアのお世話をして？　リリア、ママもパパもいないの。だからママの代わりになって」

ここは孤児院だから身寄りのない子が集まるのは当然なのだけど、まだこんなに小さい子が親からの愛情を受けられずにいるなんて……

私もこの世界ではまだ十三歳だし、ママ代わりになれるかは分からない。でも、少しでもこの子――リリアちゃんの成長の手助けをしたい。

「いいよ、私がリリアちゃんのお世話をして色々教えてあげるね」

私の言葉を聞くと、リリアちゃんはしがみ付いたままぴょんぴょん跳ねた。

「やった！　リリアにママが出来た！」

うおっ⁉　か、身体が揺すられる！

「リ、リリアちゃん⁉　ちょ、か、身体が揺れて、あぶなっ」

私とリリアちゃんの様子に気付いたのか、慌てた様子で修道女が駆け寄ってくる。

「こら、リリア！　す、すみません、この子、初めての方が来るといつもこうで。リリア、離れなさい！」

「イヤッ‼　ママといっしょにいるの！」

女の子は修道女に無理矢理引き剥がされると、ジタバタ暴れながら耳を劈《つんざ》くような激しい泣き声を上げる。

「ギャーー‼」

「こ、こら、リリア落ち着いて」

あちゃー、こうなると子供は落ち着くのに時間が掛かるのよね。

紫色の長髪を後ろで一括《ひとくく》りにした、そばかすが少し目立つ修道女をちらりと見る。この女性は私と同じ令嬢なのだろうか。修道服を着ているし、子守りで髪が乱れてしまっているけど、なんとなく放つオーラが平民のそれとは違う。

もし令嬢だとしたら、子供の扱いなんて当然分からないだろうし、ちょっと手助けしてあげようかな。

「あの、私に少し任せてもらってもいいですか?」

「で、でも、こんな状態で」

「大丈夫、大丈夫」

そう言いながらリリアちゃんに手を伸ばすと、彼女は泣きながらもしっかり手を掴《つか》んでくる。

「よしよし、そんなに泣かないで。リリアちゃんと約束したんだよね? ママ代わりになってお世話するって」

そのまま両手を握り、リリアちゃんとその場でクルクルと回る。

「そーれ、クルクルだ!」

泣いていたリリアちゃんは突然のことにきょとんとした顔をしていたが、次第に笑顔を取り戻す。

「きゃはは っ! ママ、もっと!」

良かった、機嫌が直ったみたい。

「ねぇ、リリアちゃん。みんながあっちで遊んでいるみたいだから、一緒に行ってみない?」

「うん!」

私はリリアちゃんと手を繋《つな》いだまま、他の子供達が追いかけっこをしていると思われる場所に行ってみる。

「みんな！　リリアちゃんも、仲間にいーれーてっ！」

「うん、いいよ！」

「リリアちゃん、こっち」

「リリアも早く逃げろ！　捕まるぞ！」

私の声に反応した子供達は一斉に返事をしてくれる。

リリアちゃんは私の手を離し、一目散に駆け出し、子供達の輪の中に入っていった。

やれやれ、これでしばらくは大丈夫かしら。

「あのぅ」

後ろから声を掛けられて振り返ると、先程の修道女がぺこりと頭を下げた。

「お手伝いいただきありがとうございます。助かりました」

「お礼なんてそんな。私は出来ることをやっただけなので、お気になさらないで」

修道女が顔を上げる。さっきは気付かなかったけど、この人、髪だけじゃなくて目も紫色なのね。

前世ではまず見ることのない色合いなだけに、つい見入ってしまう。

「えっと、あの。そ、そんなに見つめられると」

あ！　しまった、物珍しくて見つめ過ぎてしまったみたい。

「あ、ごめんなさい！　瞳がとても綺麗な色でしたので、つい」

「私の、この色が？」

「ええ」

修道女は急に俯《うつむ》く。あれ、なんかまずいことを言ってしまったかしら。

「そんなことを言ってくれるのは貴女様だけです。義母は、私のこの色がお母様と同じで汚い色だってよく言っていました」

「まぁ」

この人、何か事情があるみたい。

「あ、ごめんなさい。ここに来て初めて言われたから、つい」

「大丈夫です。私で良ければお話を聞きますよ」

私の言葉を聞いた修道女はありがとうと小さい声でお礼を言い、話を続ける。

「私は、お母様からもらったこの色を貶《けな》されることが悲しかった。でも、今日こうやって褒めていただき、自分を認めてもらえたような気がして嬉しかったんです」

「そうだったのですね……」

修道女は顔を上げて私を見つめる。瞳は薄《うっす》らと潤《うる》み、これまで苦労していた様子が窺《うかが》える。

「義母は、私が顔色を窺《うかが》っておどおどする様子が気持ち悪いんですって。いつまで経っても懐かないし、お母様と似た顔を見るのも嫌だと言ったんです。でも……仕方がないじゃないですか。義母は少しでも気に入らないことがあると、すぐ怒鳴ったり叩いたりするんですもの。あんな女、好きになれって言われても無理よ！　早く私を追い出したかったから、きっとお父様に色々吹き込んで私を修道院に入れたんだと思います」

ここにいる修道女は問題児ばかりだと思っていたけど、そうじゃない人もいるのね。

家庭の事情とはいえ、何も悪くない子女が修道院に投げ込まれてしまうなんて、あんまりだわ！

「まぁ、なんてひどい！」

思わず感情が高ぶって声を荒らげると、彼女の語尾も強くなる。

「貴女もそう思うでしょ⁉　本当にひどいんです、あの義母！　お兄様は私の味方だから必死に説得してくれたみたいだけど、義母がお父様を言いくるめてしまって……でも、いいんです。ここでの生活は大変だけど、邪魔者扱いされないし、みんな私を必要としてくれる」

「そんなことが……ご実家での生活はとても大変でしたね」

「はい、いつもピリピリした空気で辛かったです。それに、もうあの家には戻りたくない。だから、家を出ても困らないように、ここで働き方を学んでいます」

なるほど、確かに令嬢がいきなり家を出ても食べていけないだろう。本来なら修道院行きになり絶望するところを、この子は働き方を学んで生かそうとしている。その前向きな姿勢は私も見習いたい。

きっとこの子なら、万が一義母から家を追い出されても生きていけるだろう。

「貴女はとても強いのね。私も見習って、働き方を学んで行きたいわ。あ、お名前を伺《うかが》っていなかったので教えていただいてもいいでしょうか」

「あ、ごめんなさい。つい熱く語ってしまって。私はクロエ・ド・マルクです」

マルク家と言えば、代々男子は騎士として国に貢献する名門の侯爵家だわ。

「私はイザベル・フォン・アルノーです」

「あるのー……って、あのアルノーですか⁉　も、もしかして公爵家の⁉」

私の名前を聞くなり急に慌てる修道女、もといクロエ様。

十代であれば貴族同士の家格の違いについてすでに学んでいるので、このような態度になるのは仕方ないのだけど。

でも、クロエ様は素直でガッツのある子のようだし、私と気が合いそう。このまま仲良くしてほしいな。

「そんなに恐縮なさらないで。ここでは今日来たばっかりの新人だもの、対等に接してほしいわ」

「で、でも」

「いいの、いいの。ほら、親も見てないし。仲良くしてくれると嬉しいわ」

「は、はぁ。私でよければ、ぜひ」

「ちなみに、クロエ様はここに来てどれくらい経ちますの？」

「え、えっと、半年ほどになります。イザベル様は今日からですか？」

「はい、先程来たばかりなの」

クロエ様は私の発言に対して疑問に思ったのか、首を傾げている。

「あの、イザベル様はもしかして子守りの経験がおありなのですか？　さっきの感じだと随分と慣れているように見えたので」

人助けのつもりが仇《あだ》になるとは。前世での育児経験が身に染みついちゃってるのよね。どうしよう、なんて誤魔化そうかしら。

「え、えーと……本！　そう、本に書いてあって」

本ならどこの国にもあるよね。よし、これで押し通そう。

「確か、アルノー家の書物庫に育児本みたいなものがあったんです」

「へー、そんな物があるのですね。初めて聞きました」

「ほ、ほら、うちの家は書庫が広いから本がいっぱいあって。あははは」

「でも、本を読んだだけでこんなにお世話出来るなんて……」

ああ、さすがに無理があるかしら!?　ど、どうしよう、次はなんて言い訳しよう!?

言葉に詰まっていると、クロエ様は「どうしよう、イザベル様は私の理想そのものだわ」とか何とか呟《つぶや》いた後、すごい力で私の手を握り締める。

「イザベル様って実は天才ですね!?　それに、高貴な身分なのに気さくで、とても優しくて、美人で！　か、完璧すぎます!!」

とりあえず、その場を誤魔化せたようだ。っていうか、クロエ様がやたら興奮しているのは何故!?

「イザベル様のこと、かつて国を治めたエリス様のように尊敬してもいいでしょうか!?」

「ええ!?　そ、それはちょっと」

エリス様といえば、初の女王として諸国を統治していた英雄じゃない！　そんな方と同等の扱いだなんて、どんな羞恥《しゅうち》プレイ!?

クロエ様への対応に困っていると、ルーシーさんが私達の方に向かってくるのが見えた。

助かったと思ったのも束の間、ルーシーさんの表情は険しい。

やばい、クロエ様とおしゃべりして子守りをサボっていたのがバレている。

「貴女達、先程から何をしているのですか！　子供達を安全に遊ばせるのも貴女達の仕事ですよ!?」

「はい」

ルーシーさんはキツい口調で注意する。

「すみません」

ああ、初日からやらかしてしまった。次からは気を付けないと。

私がシュンとしている姿を反省していると捉《とら》えたようで、ルーシーさんはため息を吐き、「次回からは気を付けるように」とだけ付け加え、それ以上叱ることはなかった。

「さ、気持ちを切り替えて子供達の面倒を見てもらいましょう。あそこの子供達の輪に二人とも加わって下さい」

ルーシーさんはそう言うと、子供達に向かって声を張り上げた。

「皆さん、今からこちらの二人が遊びに加わって下さいます！　たくさん遊んであげて下さいね」

「はーーい!!」

子供達はルーシーの言葉に反応して、ワラワラと私達のもとへやって来る。

「お姉ちゃん、遊ぼ！」

「あっちのお砂場で遊びたい！」

「見て見て！　枝拾ってきたから騎士ごっこしようよ」

元気いっぱいの子供達に囲まれた私とクロエ様は、そのまま外遊びに付き合わされることになった。

ああ、走り回るにはイザベルの身体は重過ぎる。

ゼーハーゼーハーと息を切らし体力の限界を感じ始めた頃、ルーシーさんが子供達を呼び戻しに来た。

「皆さん、そろそろ夕食の時間ですよ。戻っていらっしゃい！」

「はーーい!!」

子供達が孤児院に走って戻っていく。あー、疲れた。こりゃ、明日は筋肉痛になりそうだわ。

そんなことを考えていると、私のもとへやって来たルーシーさんが、この後のスケジュールについて話し始めた。

「イザベルさん、これから夕食なので子供達と一緒に食事を取りましょう。食事が済んだら子供達の身を清め、寝かし付けを行います。夜に祈りの時間があるので、子供の見守りをする修道女以外は大聖堂に行き、夜の祈りを捧げたら本日の仕事は終了です。それまで頑張って下さいね」

ヒー!!　まだそんなに仕事があるのか！

ゲンナリしながらも返事をして、残りの仕事に取り掛かる。

息を吐く暇もないほど目まぐるしい時間を過ごした後、私は大聖堂へと足を運んだ。

椅子に座ると、どっと疲れが押し寄せる。授業中に居眠り経験がある人は何となく分かるだろうが、祈りの言葉のトーンがこれまた静かなので、まるで子守歌のように良い感じに眠りを誘う。

ほとんど意識を飛ばしていた私だったが、ぐっすり寝ているわけではないので当然疲れは取れない。終わった頃には疲労のあまりぐったりと教会の長椅子にもたれ掛かってしまった。

ああ、みんなはこのスケジュールをこなしているのに、私だけこんなに疲れているなんて。明日からの仕事に身体がついていけるだろうか。

「やれやれ、初日だし無理もないですね。では、明日のシフトを夜勤に変えましょう。そうすれば夕方まで休めますし、翌日は休日になりますから」

ああ、それは嬉しい提案。体力のない今の身体には助かる。

「ありがとうございます」

「では、これより自由時間になりますから、ゆっくり過ごして下さい。もし、生活上の不便があれば、直接私に言いに来て下さいね。では、お疲れ様でした」

「はい、お疲れ様でした」

鉛のように重たく感じる身体を引き摺り自室へ戻った私は、ベッドにゴロンと仰向《あおむ》けになる。

あー、今日一日よく働いたわ。

うつらうつらと眠くなっていく中で、ふと今日気になった子供達の様子が脳裏を過《よぎ》る。

人に関心を持とうとしない子、いきなり抱き付いてママの代わりになってほしいとねだる子。

私の前世の育児知識が正しければ、もしかしたらあの子達は『愛着障害』ではないだろうか。幼少期に充分な愛情を受けることが出来なかったことで、人格形成に障害が出ているのかもしれない。

その場合、何もケアをしなければ、いずれ対人関係でつまずいたり精神面が不安定になる可能性が高くなる。

このまま見て見ぬふりをするのは、子供達にとって良くないわ。

よし、明日ルーシーさんに提案をしてみよう。

☆　☆　☆

んん、何だか眩《まぶ》しい。

はっとして目を開けると、外はすっかり明るくなっていた。

ああ、昨日は疲れていたから寝落ちしちゃったのか。

起きようと体勢を変えた途端、うぐっ!?　か、身体が痛い！

あちゃ～、やっぱり昨日の労働で全身筋肉痛になっているみたい。

でも、今日も仕事をしなきゃいけないし、ヨガでもやって身体を解《ほぐ》しておこう。

ノロノロとベッドから下りた私は地べたに座り込み、試しに前屈をしてみる。

ぐぐぐ、イザベルの身体は硬いわね。

そのままゆっくり呼吸をしながら、前世で習っていたヨガのポーズをしていると、コンコンッと扉を叩く音が聞こえた。

「イザベルさん、失礼します」

「え、あっ」

ちょうど天秤のポーズをしていたため、すぐに動けずにいると、ガチャッと勢いよく扉が開いた。

ルーシーさんに、真っ正面から天秤のポーズを見られる。

ルーシーさんは見てはいけないものを見てしまったと思ったのか、そのまま無言で扉を閉めた。

「……イザベルさん、昼食の時間になりましたので呼びに来ました。替えの修道服は扉の外に置いておきますので、身支度が済んだら広間まで来て下さい」

あああ、上司に変な姿を見られるとか気まず過ぎる！

羞恥心《しゅうちしん》で思わずその場に座り込むと、ぐうとお腹が鳴った。

このまま部屋に籠ってご飯を食いっぱぐれてしまったら困るし、そろそろ支度を始めなきゃ。

私はぱぱっと身支度を済ませて広間に向かう。

「ルーシーさんお待たせしました」

「ああ、イザベルさん。昨夜はよく眠れたみたいですね。朝食の時間帯はノックをしても反応がなかったので声掛けしませんでしたが、お腹空いているでしょう？」

「ええ」

「子供達も今大食堂で昼食を取っていますので、クロエさんが来てから行きましょう」

なるほど、子供達も大食堂にいるのか。あれ、クロエ様も一緒ってことは、もしかして今日の勤務が一緒なのかしら。

「ルーシーさん、今日はクロエ様と三人でお仕事なのですか？」

「ああ、言い忘れていましたね。今日の夜勤は私と貴女とクロエさんが担当することになりました」

昨日たくさん話して仲良くなったし、知らない人と一緒に仕事をするより心強いわね。

そんなことを思っていると、奥からクロエ様がやって来た。

「おはようございます、ルーシーさん、イザベル様」

「おはようございます」

「では、みなさん揃いましたので大食堂に行きましょうか」

昨日の夕飯も子供達と大食堂で食べたが、ここでは軽食以外は基本的にそこで食事を取るスタイルらしい。

孤児院を出て回廊の中ほどにある平屋の扉を開けると、食べ物のいい匂いと子供達の声が広がる。

ちなみに大食堂では自分達でトレーを持って中央の受け渡し口まで行き、調理員が配膳してくれるスタイルだ。

なんだか小学校の給食を思い出すなぁ。私、きなこと砂糖が付いた揚げパンと、たまに出るコーヒー牛乳が好きだったんだよね。

おお、今日の食事は煮込み料理とパンね。香りが良くて美味《おい》しそうだわ。

食事を受け取り、空いている席に三人仲良く座る。

「いただきます」

あー、トマト風味のこの煮込み、優しいお味で身体に染み渡るわぁ。うん、美味《うま》い！

朝食を取っていなくて空腹だったこともあり、黙々と食事を口に運ぶ。その時、ふっと昨日考えていた『愛着障害』のことを思い出した。

食事時なら話しやすいし、今ならちょうどいいタイミングだわ。

「あの、ルーシーさんにお話ししたいことがあります」

ルーシーさんは食事の手を止めて私の方を見た。

ルーシーさんって言い方は厳しいところもあるけど、しっかりと顔を見て話を聞いてくれる。こういうところ、とても好感を持てるわ。

前世では何度か転職をしており、その中には新人を教育する気がないのか、簡単な説明の後にマニュアルだけポンと渡すような適当な企業もあったっけ。ここではいい人に恵まれたな。

「はい、何でしょう」

「えっと。昨日お世話をして気付いたのですが、愛着障害の症状が出ている子供が何人かいるみたいですね」

「……アイチャクショウガイ？」

あれ？　もしかしてこれって、この世界には存在しない言葉なのかな。

昨日の子守りのことといい、私ったらまた余計なことをしちゃったのかしら⁉

「私も、アイチャクショウガイという言葉は初めて聞きました。どういう意味なんですか？」

隣で聞いているクロエ様も首を傾げている。

ああ、どうしようかな。えーと、えーと……はっ！　昨日は本の知識ってことで誤魔化せたよね!?　それと同じ感じで押し通せないかしら!?

「ええと、実は家で読んだ本に書かれていた言葉なのです」

二人は初めて聞く言葉に興味津々といった様子だ。

よし、ここは教師になった気分で前世の育児知識を語ってみよう。

「その本にはこう書かれていました。幼い時に養育する者がすぐに入れ替わったり愛情に触れる機会が少なかったりすると、他人との距離が上手く掴《つか》めず、対人関係でトラブルが起きたり精神的に不安定になったりすることがあると」

「まぁ、そんなことがあるのですね。ああ、でも思い返してみると、孤児院を出て仕事をしても感情的になってすぐにやめてしまったり、暴力的な態度に出たりする子がいるわね」

ああ、何となく想像はしていたけど、やっぱり。

孤児になるだけでも子供達の心には大きな傷が出来ているはず。それに加えて特定の大人と絆《きずな》を深める場がなければ、彼らの心は健全には育たないだろう。

「実際にそういった子が出ているなら、子供達の心の発達に適していないやり方をしてしまっているかもしれないですね」

「では、アイチャクショウガイにならないようにはどうしたらいいのかしら」

お、ルーシーさんは愛着障害について興味を持ってくれたみたい。それならこの提案も聞き入れてくれるかしら。

「本には、赤ちゃんから二歳くらいまではなるべくお世話をする人間を固定した方がいいと書かれていました。なので、二歳まではお世話する人をあまり変えない方針にするのはいかがでしょうか？」

　私の提案を聞いた途端、ルーシーさんの表情が曇る。

「その話が本当なら、そうしてあげるのが子供達にとってもいいでしょう。でも、孤児院は万年人手不足で、子供一人に修道女一人を付けるなんて無理だわ」

　ああ、うん、ここの労働環境を見ているとそんな感じだよね。じゃあ、この方法ならどうかしら。

「確かに、今の修道女の数では足りないですよね。では、こうしてみてはどうでしょう。昨日見た感じだと、子供達は年齢に関係なく纏《まと》めて面倒を見ていますよね？」

「ええ、そうしているわね」

「それを、大まかな年齢に分けて面倒を見るんです。その上で年齢ごとに担当を置いてグループを作ります。それだけでもお世話をする人が固定されますよね」

「ああ、確かにそうね」

「ただ、それでグループ全ての子供達の成長を見守るのは難しいと思います。そこで、グループの担当とは別に、二歳までの子については二、三人に一人の割合で修道女を付けるんです。その修道女に、愛情を注ぐ親代わりになってもらうのはどうでしょうか」

「なるほど」

「親代わりの相手といっても、その子だけにかかりきりになるわけではありません。全体の様子を見つつ、担当の子を優先的に面倒を見る、といった位置付けにすれば、他の仕事も柔軟に対応出来るのではないかと思います。それに、月齢が近い子供を集めればお世話も纏《まと》めてしやすくなりますし」

そこまで説明すると、ルーシーさんは黙り込んでしまった。

前世の知識として、クラス制と担当児制のことも盛り込んで提案してみたのだけど……うーん、ダメだったかな。

「あの……やっぱり、無理ですかね」

「ああ、ごめんなさい。貴女の話がとても良かったから、採用出来るか考えていたの。イザベルさんは事前に聞いていた話と違って真面目に仕事をこなしてくれるし、仕事も正確で速いわ。私は知らなかったけれど、理にかなった内容だったので取り入れてみたいと思って。それに、子供達のことを考えたら、アイチャクショウガイという症状も放置してはいけないと分かりましたから」

おお、私の話を前向きに検討してくれている⁉

「さっそく勤務体制を見直して、院長にお話ししてみます。許可が出たらすぐに体制を変更しましょう」

「ありがとうございます！」

やったー！　仕事のプレゼンが成功したような気分だわ、嬉しい‼

「さて、残りの食事が済んだら一旦部屋に戻りましょうか」

そうだった、まだご飯の途中だったわ。

残りを食べ終えて孤児院に戻り、夕方の勤務まで部屋で待機することになった。

せっかくの空き時間なので家族に向けて手紙を書いていたのだけど、いつの間にか勤務時間が迫っている。

書いた手紙を一旦引き出しにしまって広場に出ると、ルーシーさんがすでに待機していた。

「イザベルさん、ゆっくり出来ましたか？」

「はい、家族に手紙を書いていました」

「そうでしたか。手紙を書き上げたら、大聖堂の前に郵便入れがありますので入れておいて下さい。後で担当の者が纏《まと》めて業者に渡しますから」

「ありがとうございます」

実家では侍女が全てやってくれていたし、ここでは前世のような郵便ポストがなかったから出し方分からなかったのよね、聞けて良かった。

「さて、持ち場に行きましょう」

ルーシーさんは歩きながら勤務体制の説明をしてくれる。

「成人前の修道女については基本的に夜勤から外れますが、どうしても人手が足りない時はこうして少しだけ大人の修道女のお手伝いをしてもらうことがあります。今は一月に一度お願いする程度ですが、本人の希望があれば可能な限り時間を調整しますし、もちろん辛ければ仮眠室で寝てしまっても大丈夫ですよ」

確かにこの年で夜勤だと成長に問題が出そうだもんね。そのあたりはしっかり配慮してくれているのか。

いつもの広間を抜け、ルーシーさんが奥の扉をそっと開けると、クロエ様がすでに乳児達のお世話をしていた。

「ここは一歳になるまでの赤子が過ごす部屋になります。私は引き継ぎをしてきますので——クロエさん、その間だけイザベルさんの指導を任せてもいいかしら」

「はい、もちろんです」

「じゃあ、よろしく頼みましたよ」

ルーシーさんはそう言い残し、足早に部屋を後にする。

するとクロエ様はお世話の手を止めて、私のもとへ歩み寄った。

「イザベル様は私と同じ十三歳でしたよね？　赤ちゃんのお世話も初めてですか？」

「ええ、そうですわ」

この世界では赤ちゃんのお世話は初めてでも、前世では朝から晩までがっつりワンオペでお世話していたけどね。産後の身体で夜間授乳するもんだから、寝不足でいつも意識が朦朧《もうろう》としていたなぁ。当時はしんどかったけど、今となってはいい思い出だ。

「では、私がまず手本を見せますね」

クロエ様は張り切った様子でそう言うと、一旦止めていたお世話を再開する。

ん？　オムツ交換の仕方があれだとやりにくいのでは。

「あの、クロエ様。新しいオムツを先に下に敷いておかないと、衣類に汚物が付いてしまいませんか？」

「え？」

「新しいオムツの下に置いて、綺麗に身体を拭いた後にこうして汚れたオムツを引き抜くと……ほら、この方が汚れないと思いますよ」

「あ、本当だ！　確かにこれだと急に動いても周りを汚さずに済みますね。イザベル様、さすがですわ」

「あ、ありがとうございます」

そんなに褒められるとなんかむず痒《がゆ》い気分だわ。でも役に立てたなら良かった。

とはいえ照れ臭いので小さくお礼を言うと、クロエ様は頬を赤らめて「イザベル様からお礼を言われたわ、うふふ」と何やら呟《つぶや》いている。

不意に、大きな泣き声が部屋に響き渡る。どうやら二人同時に赤ちゃんが泣き出したようだ。

「大変、赤ちゃんが泣いてるわ」

クロエ様は慌てた様子で近くの子の面倒を見る。だが、もう片方の赤ちゃんは泣かせっぱなしで、このままではあっちの子が可哀相だ。

私は泣いている赤ちゃんをそっと抱き抱えてみた。ほのかにミルクの匂いがする、温かくて小さい身体。久しぶりに抱っこしたけど、赤ちゃんってやっぱり可愛いな。

確認してみたけれどオムツが汚れているわけでもなく、身体にも異常がない。ということは、お腹が空いているか、上手く寝られなくてぐずっているかのどちらかね。

お腹が空いているならミルクか母乳をあげなきゃ泣き止まないよなぁ、と思って辺りを見回すと、ちょうどクロエ様が赤ちゃんにミルクを用意しているところだった。

「クロエ様、この子、お腹が空いているんだと思います。ミルクを分けてもらってもいいかしら」

「え？　はい、ちょうど多めに用意したのでお分けしますね」

ミルクの側には小さな器《うつわ》がいくつか置いてあった。これにミルクを入れて哺乳瓶として使っているのね。私は近くの器《うつわ》にミルクを移し替えて、先程の赤ちゃんのところに戻る。

「よーしよし、泣かないで。今ミルクをあげますね」

優しく赤ちゃんを抱っこしながら飲ませてみると、やはりお腹が空いていたようで、勢い良くミルクを飲んでいる。

その流れでゲップ出しと寝かし付けを済ませた私を見て、クロエ様がきょとんとした顔をしていた。

「イザベル様、赤ちゃんのお世話はしたことないって言っていたのに……」

やば、私ったらまた流れでついお世話をしちゃった！

「イザベル様は本当に何でも出来るのですね、すごいわ！　私もイザベル様みたいに仕事の出来る女になって、将来は家を出て商売がしたいです!!」

クロエ様は興奮しているようで、どんどん声のトーンが大きくなる。

あわわわ、せっかく寝かし付けしたのに赤ちゃんが起きちゃう！

「ク、クロエ様、もう少しお静かに……」

「私、イザベル様に弟子入りをしたいです！　どうか私の師匠になっていただけませんか!?」

「え、ええ？」

「マルク家は騎士の家系ですので、主《あるじ》と決めた者に生涯忠義を尽くすことを美徳としています。私、決めました！　イザベル様を私の師匠として――いえ、主《あるじ》として忠義を尽くすことをここに誓いますわ！」

「わ、分かったから、ちょっと落ち着いて」

「マルク家の誓いを受け入れていただけるのですね!?　ああ、なんと光栄な……！」

「分かった！　分かったから、声を小さくして！」

「はっ、ごめんなさい、私ったら」

幸運にも泣き出しそうな赤ちゃんはいなかったので、ほっと胸を撫でおろす。クロエ様を見ると、彼女は命令を待っているワンコのような純粋な眼差しで私を見つめていた。

「イザベル師匠、これからよろしくお願いします」

「し、師匠!?」

なんかどさくさに紛れて師匠認定されてません!?　困るんだけど！

「そんな、困るわ。今まで通り普通に接して下さい」

「そんなこと出来ませんわ。私の大切な師匠なのですから」

「えええ……」

困ったなぁ、なんかクロエ様の変なスイッチを押してしまったみたいだわ。

かといって、今更前言撤回すると言っても聞き入れてくれなさそうな雰囲気ね。

うーん、でも、今のところは害がなさそうだし、ここは穏便に済ませるために妥協案を出してみようかな。

「じゃあ、せめて二人だけの時にしましょう？　それ以外は友達と同じような感じで接して下さい」

「分かりました。それが師匠の望みなら、そうします」

クロエ様は複雑な表情で返事をしたが、とりあえず表面上は友達として接してくれるようだから良しとしよう。

って、あれ？　これって、もしかして悪役令嬢に取り巻きが出来るような状況に似ていない？

ええ、私、何も悪いことしていないのに、なんか悪役令嬢っぽくなってるんですけど⁉

内心で慌てていると扉が静かに開き、ルーシーさんが中に入って来た。

「クロエさん、イザベルさんの赤ちゃんのお世話はどうでしたか」

「はい、イザベル師匠——あ、間違えました、イザベル様は赤ちゃんのお世話も完璧で、私から教えることは何もありませんでした」

「ええっ⁉　イザベルさんは乳児のお世話も出来るんですか？　アルノー家では育児の教育でもされているのかしら、すごいわね」

ああああ、クロエ様、余計なことを話さないで⁉

「貴重な人材が来てくれて本当に助かるわ。これからは研修期間を切り上げてバンバン仕事を任せますから、よろしくお願いします」

ええ！　研修期間たったの二日だけ!?

己《おのれ》の無駄に高い育児能力を後悔する間もなく、赤ちゃん達は再び泣き出す。

その後は一晩中世話に追われ、気付いた時には交代の時間になっていた。

幕間　僕の義妹（アルフレッド視点）

僕の義妹のイザベル――ベルは、我儘《わがまま》で高慢で、はっきり言って性格の悪い女だ。

自分に与えられる施《ほどこ》しは受けて当然、とばかりに感謝の言葉すら口にしない。

そのくせ、相手に対しては完璧を求め、少しでも至らない点があればネチネチと詰め寄っていく『意地悪な小姑《こじゅうと》』のようだった。

最初に顔を合わせた時、ベルはまだ四歳だった。

ライトブルーの美しい髪。長い睫毛《まつげ》に縁取られた大きい瑠璃色《るりいろ》の瞳。鼻筋がスッと通り、唇はピンク色をしている。まるで人形のような美しい容姿だが、どこか憂《うれ》いのある表情。

その美しさと儚《はかな》げな様子に、僕は一目でベルを好きになってしまった。

一つ上の僕もまだまだ言葉が怪しいところはあったが、ベルは四歳になっても滑舌《かつぜつ》が悪く、しっかりとした言葉が話せなかった。

更に驚いたことに、ベルは四歳になっても夜泣きが治らず、深夜に泣きながら起きては「かあしゃま！　かあしゃま！」と屋敷内を彷徨《さまよ》うことが度々あった。

母を亡くしたことによる精神的なショックが癒えないのだろう。そう判断した母上は、ベルの夜泣きが治るまで寝室を一緒にし、優しく抱き締めながら子守唄を歌ったり物語を読み聞かせたりしていたらしい。

その甲斐あってか、ベルの話す言葉は日を追うごとに増えていき、五歳を過ぎた頃には大人顔負けの発言をするまでに成長した。

……そこまでは良かったのだが、愛娘を溺愛する義父上《ちちうえ》は、ベルの今後のために厳しい躾《しつけ》を施《ほどこ》そうとする母上を制した。「そんなに厳しくしたらベルが可哀相だ」と言って、母上や使用人が苦言を呈しても頑なに態度を変えなかったのだ。

泣き虫で素直な性格だったベルも、生温《なまぬる》い環境のせいでどんどん付け上がり、気付けばふてぶてしい態度を取るようになってしまった。そんなベルの態度の悪さに嫌気が差した僕は、次第に距離を置き始めていく。

ベルの変わりように母上も使用人も手を焼き始めていた、そんなある日。

マナー教育を受けたベルが、マナーのなっていないメイド達を注意するようになった。

何故メイド達だったのかは僕の憶測だが……

侍女は主人の身の回りの世話をする関係でそれなりの教育を受けているが、メイドは侍女ほどではない。

それに、執事や侍女の次に屋敷で目に付きやすい使用人はメイド達だ。だから、マナー教育の成果を試しやすかったのだと思う。

最初は軽い注意だけだったようだが、次第にエスカレートして行き、罵声を浴びせたりわざと足を掛けて転ばせたりと嫌がらせをするようになった。

そのため、アルノー家のメイドの離職率は異常で、次第に「アルノー家にはメイドイビリをする意地悪な令嬢がいる」という噂が立ち始めたのだ。

やがて、その噂は義父上《ちちうえ》の耳にまで届き、「さすがに放置しておけない」と思ったのだろう、重い腰を上げてベルにやんわり注意をするようになった。

しかし、ベルは態度を改めるどころか「お父様に注意されたじゃない！　全てはお前達が出来損ないだからよ」と責任転嫁して、余計にメイド達にきつく当たったのだ。その後、何度窘《たしな》めても酷くなるベルの態度に、ついに義父上《ちちうえ》の堪忍袋の緒が切れ、ネスメ女子修道院送りを通告した。

僕は、これで義妹の態度が改善するだろうと内心喜んだ。

だが、その直後力なく倒れるベルの姿を見て、態度は最悪だけど、この子はか弱い女の子なんだ、やはり兄である僕が守ってあげなければという、庇護欲のようなものが湧き上がった。

そうして意識の戻らないベルを見守る中、突然目覚めた彼女は開口一番、修道院で自身の歪んだ性格と根性を叩き直すと言い放つ。

あのベルからこんな発言が出るのもおかしいし、態度もまるで別人のようだ。

心配になり部屋を訪れると、ベルは僕からの接触を拒み、今までの行いについて謝罪した。

それにもびっくりしたが、今まで僕にべったりだったベルが初めて見せた拒絶に、動揺を隠せないでいる。

そして、ベルをこのまま修道院に行かせたら、二度と戻って来ないような……そんな不安に駆られたのだった。

第二章　忍び寄る断罪フラグ

修道院で過ごし始めてから約十ヶ月が経過した。

ハードな仕事をこなしているせいか、いつの間にか修道服には余裕が出来て、最初にパツパツだったお腹回りが緩《ゆる》くなってきた。

まぁ、イザベルは食べてばかりで運動してこなかったから、ここでの生活は天然ダイエット状態よね。痩せる上に体力が付くし、仕事も覚えられて、一石二鳥どころか三鳥くらいな気分だわ。

さぁて、今日も頑張って働くぞ！　気合を入れつつ、私は子供達の待つ部屋へと急ぐ。

あ、そうそう、二日目に提案したクラス制と担当児制はすぐに採用されて、今は空部屋を活用してクラスを分けて面倒を見ている。で、私は二歳児クラスに担当が決まったのよね。なんか保育士にでもなった気分で、毎日楽しく仕事をしている。

ガラリと扉を開けると、二歳児達の賑やかな声が響き渡る。

おお、今日も子供達は元気ね。さぁて、何をして遊ぼうかな。いつも同じ遊びだと飽きるし、どうせなら頭を使う遊びも取り入れたいよね。

あ、そうだ！　前世でもよくやっていた、おもちゃの手作りをしようかしら。

私は空き箱を纏《まと》めてある箱からガサガサと適当な大きさのものを探す。お、これなんて使えそうね。

「みんな、新しいおもちゃを作ったよ！」

私の言葉に反応した子供達がわらわらと寄ってきた。

「おもちゃ？」

「ひも！　ひも！」

何なの、この可愛過ぎる生き物達は。

むちむちな手足にぷにぷにのほっぺが触り放題なんて、ここは天国か！

「むふふ、かわいい。……って、そうじゃなかった。ここの穴に、この紐の先を通すのよ。ほら、ポトンッて音がしたでしょ？　こうやって遊ぶのよ」

「ぽっとん、ぽっとん！」

「やりたい！」

「じゃあこれを入れてみて？　そう、上手！」

簡単なおもちゃだが、実は子供の成長に必要な指先を使う知育玩具。

子供は指の動かし方を遊びから学んでいくので、これは理に適《かな》ったおもちゃなのだ。えっへん！

「へぇ、ミルクの容れ物でこんなおもちゃが出来るのですね。みんなも集中して遊んでいるし、イザベルさんは何でも知っていてすごいですわ」

私に話し掛けてきた修道女は、感心した様子で完成したおもちゃを手に取る。

この修道女は私よりも八つ年上の小柄な女性だ。

一緒に二歳児クラスを担当していて、いつも私の作ったおもちゃを積極的に活用してくれる。

……って、調子に乗ってまた前世の知識を披露し過ぎたかしら。とりあえず笑って誤魔化しておこう。

「ありがとうございます。おほほ」

その時、修道女がふと外に視線を向ける。

「そうだ、イザベルさん。今日は晴れていますし、これからみんなで修道院内をお散歩しませんか？」

「いいですね！　では、支度して行きましょう」

外遊びも子供の成長にとって欠かせない遊びだ。こんないい天気なのに、そのチャンスを逃すのはもったいない。

修道女と一緒に外遊びの準備をして、子供達と一緒に外へ出る。

うーん、気持ち良い！　雲ひとつない晴天で、まさにお散歩日和《びより》ね。

みんなで仲良く手を繋《つな》ぎ、気分良く回廊を歩き出したが、いきなり一人の幼児がぐずり出した。

ああ、またこの子か。

癖毛でフワフワしたこげ茶色の髪と同色の瞳をしたこの子は、ライという。

私の担当児の一人なのだが、ここ最近急に態度が変わり、おもちゃを投げたり、わざと物を壊したりと問題行動が目立つようになった。

困ったなぁ、これじゃお散歩に行けないわね。……ん？　待てよ。

これがただの問題行動ではなく、愛情確認のための試し行動なのだとしたら？

ああ、それならあんなに大人しかったライが、こんな態度に出るのにも納得出来る。私を母親代わりとして少しずつ認めてきている証拠だわ。

今まで問題行動のたびにヤキモキしながら接していたけど、理由が分かればこのグスグスしている姿もちょっと可愛く思えてくる。

気持ちが落ち着くように、まずは抱っこをしてあげよう。

「どうしたの？　歩くの嫌だったかな」

だけどライは抱っこが嫌だったようで、「イヤーッ！」と叫ぶといきなり反り返った。

「わわっ、危な！」

落ちないように強く抱き締めると、ガリッ！　と頬に何かで引っ掻いたような感触がした後、鋭い痛みを感じる。

「うっ」

痛みに思わず顔を顰《しか》めつつも、ひとまずその子をゆっくりと下ろす。

いたたたた。もしかして、ほっぺを引っ掻かれたのかしら。

頬を手で押さえてゆっくり手を離すと、手のひらには薄《うっす》らと血が滲《にじ》んでいた。

あちゃー、これはしばらく傷が残るかもしれないな。でも、ライが落ちなくて良かった。

「イザベルさん、大変！　頬に傷が」

修道女が慌てた様子でこちらに駆け寄って来る。

「大丈夫、少し引っ掻かれただけですわ」

「血が滲《にじ》んでいますよ！　手当てをしないと」

修道女はライを捕まえると、激しく叱り付けた。

「コラッ、こんなことしたらダメでしょ！」

ライはビクッ！　と身を竦《すく》ませると、怯《おび》えた様子で泣き出してしまった。修道女はその子に罰を与えようとして手を振り上げる。

あ！　体罰はダメ!!

咄嗟《とっさ》に修道女の手を掴《つか》む。ふぅ、なんとか間に合った。

「私は大丈夫です！　ライも泣いているし、反省していると思いますわ」

私はその場にかがみ、ひっくひっくとしゃくり上げて泣いているライの肩をそっと抱き締めた。

「よしよし、もう泣かないで？　いきなり抱き上げてごめんね。でも、引っ掻くのはダメよ。ほっぺが痛かったよ」

私が優しく諭《さと》すように言うと、ライは泣きながらこくりと頷く。

自分のやったことが悪いことだと理解してくれたのであれば、後はいつも通りたくさん甘やかして安心させてあげるのが子供の心の発達には大事なことである。そうやって子供は庇護者という安全基地に守られながら、色々なことに挑戦出来るようになるのだ。

「分かってくれてありがとう」

ライの肩から手を離し、私は小さい背中を摩《さす》り続ける。

ライはしばらくすると泣き止み、私の頬をそっと触ると、小さい声でごめんなさいと謝ってくれた。

「よく謝れたね、偉いよ！」

私が大袈裟に褒めてあげると、ライはへへっと照れ笑いを浮かべる。

うん、やっぱり子供は笑顔が一番可愛い。

「イザベルさん、早く傷を手当てしないと痕になってしまいます。ここは私が面倒を見ますので、先に帰っていて下さい。少しお散歩をしてからこの子達と部屋に戻りますから」

もう痛みもないし大した傷ではないと思うけど、一応イザベルは公爵令嬢だ。傷跡が残ってしまったらさすがにまずいか。

「では、お言葉に甘えて手当てをしてきますね」

私は立ち上がって孤児院へ戻ろうと歩き出す。その時、ふと遠くから視線を感じた。

えっ、何？

振り向くと、複数の大人に囲まれた金髪の少年とバチッと目が合った。

白地に金の刺繍《ししゅう》と肩章が印象的な宮廷服を纏《まと》っている。遠目からでも分かる、綺麗な顔立ちに澄んだ碧い目。

あの顔どこかで見た記憶がある。

でも、こんな美男子と出会っていたら覚えていそうだけど。うーん、どこで会ったかなぁ？

そんなことを考えていると、金髪の少年が私の方に向かって歩いて来た。

「レディ、急に声を掛けてすまない」

「は、はぁ」

遠くからでも整った顔だと思ったけど、近くで見るとすっごい美形だわ。

同じく綺麗な顔立ちをしているアルフ義兄様《にいさま》と比べて、この人は正統派の美形というか、違った要素のイケメンね。圧倒的なキラキラオーラが出ているし、白がベースの服装ということもあってか、まるで王子様みたい。

あれ、王子さま……？

「先程から貴女の様子を見ていたが、怪我をしているようだね」

あああ！　この人、リスタリア王国の王太子、ヘンリー殿下じゃない!?　良かった、イザベルの知識がなかったらスルーするところだったわ。危ない、危ない。

「へ、ヘンリー殿下！　咄嗟《とっさ》のことでご挨拶《あいさつ》もままならずに申し訳ありません。イザベル・フォン・アルノーと申します」

カーテシーをしようとすると、「堅苦しい挨拶《あいさつ》はいらない」と優しく制止される。

「それより早く手当てをしよう。ヴァレリー院長、薬はあるかな」

あれ、ヴァレリー院長もいたのね!?　ヘンリー殿下に気を取られて気付かなかった！

「ええ、ここには薬師《くすし》が常駐していますから、今取りに行ってきますね。お二人とも、立ち話も何ですから執務室でお待ち下さい」

「ああ、そうするよ。さ、行こう」

ヘンリー殿下は慣れた様子で私をエスコートする。

確か、ヘンリー殿下は私と同じで十三歳だったかな？　堂々とした振る舞いは、さすが王太子殿下って感じね。

そういえば、アルフ義兄様《にいさま》とはそんなに身長差はなかったけど、ヘンリー殿下はすでに私よりも頭一個分は大きい。最近の子は成長が早いのね、なんて思っているうちに執務室へたどり着く。

「こちらで待たせてもらうことにしよう。君達、イザベル嬢と二人になりたいから外に控えていてくれないか」

ええ、護衛を下がらせて王太子と二人っきり⁉　いきなりで緊張するし、誤解されるといけないから誰かいてほしいのに。

「で、ですが、周囲に誤解が生じるといけませんし」

「ヴァレリー院長が薬を持って来てくれるだろう？　彼女なら私のことをよく知っているし、何かあれば証言してくれるから心配ない」

「しょ、承知しました」

先程からのやりとりを聞くに、ヘンリー殿下はヴァレリー院長と面識があるようね。

ってことは、ここは王宮公認の施設ってこと？　だとしたら、ヴァレリー院長って実はかなりの権力者だったりするのかしら。

「さて、イザベル嬢の傷が心配だ。まずは冷やそう、ここに座って」

ヘンリー殿下は私を座らせると、隣に来て頬に手を翳《かざ》す。

うわわわわ、いきなり距離が近い！

こんな美形が近くにいて、頬に手が触れそうなシチュエーションなんて、乙女ゲームのワンシーンみたいでドキドキしちゃう!!

「急に手を翳《かざ》してすまない。風が出るけれど驚かないで」

「は、はぁ」

ヘンリー殿下の発言はよく分からなかったけど、心臓がバクバクして返事をするのが精一杯。

俯《うつむ》いて必死に鼓動を落ち着かせていると、ヘンリー殿下の手から冷風のような弱い風が出てくるのを感じた。

「ひゃ!?」

いきなり風が出てくるなんて、まるで手品のような状況にびっくりして思わず顔を上げる。

「ああ、これは風魔法なんだ。赤くなっているから患部を冷やした方がいいと思って」

そうだった、この国では魔法が使えるんだった。

忘れていたけど、どうやら私にも魔力があるらしい。だけど、学園で魔法の使い方を習うまではと思って、まだちゃんと魔法を使ってみたことがないのよね。

この年齢ですでに魔法が使えるなんて、さすが王族だわ。

ああ、流れてくる風がそよそよと優しくて気持ちいい。

「そういえば、何故イザベル嬢は危害を加えた幼児を処罰しなかったんだ？　顔に傷をつけるなんて不敬ではないか」

おっと、ヘンリー殿下に怪我をした時の一連の出来事を見られていたんだっけ。

「えっと……まだ二歳ですし、私がお世話を担当している子なので。最近我儘《わがまま》が増えて大変ではあるんですが、とっても可愛いんです。あ、可愛いのはライだけじゃなく、みんなそれぞれ違った可愛さがあります。だから、そんな子を処罰するなんて考えたこともなかったです」

引っ掻かれるくらい前世でもよくあったし、何よりあの子達には未来がある。厳しい罰を与えることで、それが歪んでほしくない。

「イザベル嬢は、優しいな。……あの時から変わっていない……」

「え？」

「いや、何でもない。それより、イザベル嬢のここでの生活について聞きたいな。話したことについては私達二人だけの秘密だ。だから雑談だと思って何でも気軽に話してくれないか」

ここでの生活か……朝から夕方まで慌ただしい毎日だけど、とても充実しているのよね。

「ええと、そうですね。ここでは原則労働が義務付けられているので朝から夕方まで働いていますわ。私の場合は先程見た通り、孤児院で働いております。十月《とつき》ほど滞在していまして、初めてヘンリー殿下にお会いしましたが、本日は何故こちらにいらしたのですか？」

「私は視察でこの修道院に来たんだ」

「殿下は修道院の視察も公務の一つとしているのですね。いらしたのは初めてでしょうか？」

「ああ、女子修道院は気軽に立ち入れる場所ではないから、訪問したのは初めてだな」

「そうだったのですね」

……うぅ、困った。次の会話が思い浮かばない。

目上の人を相手に何を話したらいいか分からず、沈黙する。

そんな私の緊張を察したのか、ヘンリー殿下は「ただ」と話を続ける。

「修道院を訪れるのは初めてだが、ヴァレリー院長とは何度も会っている」

「まぁ、そうなのですね」

「あの方は私の母上と仲が良くてね。時々王宮でお会いすることがあるんだ」

「えっ」

わぁ、まさかの王妃殿下と仲良しさん!?

「院長は普段は澄ました顔をしているけれど、私や母上の前ではそうではないことが多くてね。この前なんて、母上とヴァレリー院長が二人でお菓子を頬張りながら、ドレスのデザイン画を持って熱く語っていたよ」

ああ、前世で言うところの女子会ってやつかしらね。

うーん、そういう内容でいいなら、ヴァレリー院長の面白い話を思い出してみよう。

あ、そうだ！　昨日執務室に行ったら扉が開いていて、大口を開けたヴァレリー院長がでっかいクッキーをボリボリ頬張っていた姿を目撃した。そうしたら、たまたま用があったルーシーさんが来て中を覗いちゃったのよね。慌てたヴァレリー院長は咄嗟《とっさ》にお菓子を隠していたけど、口元にクッキーのカスがたくさん付いていて……ルーシーさんに「口元にお菓子が付いていますよ。本当に院長は目を離すとすぐにお菓子を食べてしまいますね」って親に叱られる子供みたいなこと言われてたっけ。

二人だけの秘密って言ってくれているし、ちょっと話をしてみようかな。

「最近でしたらヴァレリー院長のお話がありますわ」

「おお、どんな話だ？　彼女にはよく小言を言われるから、切り札になるような話を是非聞きたい」

先程のエピソードをオブラートに包みつつ話すと、ヘンリー殿下は楽しそうに笑った。

「ははは！　そんなことがあったのか。いやぁ、イザベル嬢は話上手で面白い。もっと話していたくなるよ」

「ふふふ。殿下が親身にお話を聞いて下さるおかげです」

ヘンリー殿下は聞き上手なのか、話を引き出したり広げたりするのがとても巧みだ。話しているこちらも楽しい。それに、時折私のことを気遣ってくれるので元々優しい性格なのかも知れない。

……あれ、なんだろう。先程からヘンリー殿下の笑顔に見覚えがある気がする。

「こんなことなら早く貴女と話をしておけば良かった。昔の自分に腹が立つ」

「え？」

「あ、いや。何でもないよ」

意図が分からず首を傾げると、扉をノックする音が聞こえてきた。

「ヘンリー殿下、イザベルさん、中に入ってもよろしいでしょうか」

「あ、はい！」

「ヴァレリー院長か」

扉が開くと、薬箱を持った院長と修道女が中に入って来る。

「イザベルさん、傷の具合はどうですか？」

「ヘンリー殿下が風魔法で冷やしてくれたので、もう痛みもないし大丈夫です」

「殿下が？　あら、随分手厚い看護をするのですね」

何やら含みのある笑みを浮かべてヘンリー殿下を見るヴァレリー院長。

当の本人は複雑な表情で席を立つ。

「イザベル嬢、楽しい時間をありがとう。それと、もし傷の治りが悪いようなら王宮から医師を派遣するから、ヴァレリー院長に申し伝えるように」

「は、はい」

ヘンリー殿下は、見送りは不要だと言い残し、護衛と共に嵐のように去って行った。

私は手当てを受けながらボーっと先程の出来事を回想する。

ヘンリー殿下って、なんか不思議な人だったな……

あんなキラキラオーラを纏《まと》った正統派の王子様、前世のゲームで見た攻略対象者みたいだわ。

……攻略対象者？

ああああ!!　ヘンリー殿下って攻略対象者じゃん！

「あうっ！」

「傷が痛みますか？」

いけない、変な声が出ちゃった。

「す、すみません。ちょっと考え事をしていて。お、おほほほ」

「もし痛いようでしたら我慢しないでおっしゃって下さいね」

ああ、いけない。今は治療中だった。

治療を終えると、念のため安静にするよう指示が出たため部屋で待機することになった。

することがなくなったので、ひとまずベッドにゴロンと横になる。

まさかここで攻略対象者に出会うとは。なんだか不意打ちを食らったような気分だわ。

それにしても、ヘンリー殿下とは初対面なはずなんだけど、どこか懐かしい気がしたのよね。

ゲームで見たからだけではなくて……そういえば、彼は「あの時から変わっていない」とか言っていた。もしかして、私達は以前にどこかで会ったことがあるのかしら。

イザベルは箱入り令嬢で男子との接触は限られていたから、機会はごくわずかなはず。

過去の記憶を辿ると、ふと幼少期のお茶会の出来事を思い出す。

確か、あの時、金髪で可愛い男の子がいた。緊張していたのか、終始隅でそわそわしていたのに、急に走り出して転んで怪我をしたのよね。

手当てをしてあげたら、その男の子は「ありがとう。きみは優しくて天使みたいだ」って恥ずかしそうに言っていた。幼いながらもレディとして扱ってくれたことが嬉しかったっけ。

もしかして、その時の子がヘンリー殿下だったのかな。

ふぁぁ、なんだか横になっていたら眠くなってきちゃった。断罪フラグの回避をどうするか考えなきゃと思いつつも瞼《まぶた》が重くなる。

眠気に抗うことを放棄した私は、いつしか深い眠りについていた。

幕間　貴女がいい（ヘンリー視点）

紙とインクの匂いが部屋を漂《ただよ》い、大量の書類に囲まれたいつもの光景に嫌気が差す。

ここは王宮の一室。私の執務室だ。

「ヘンリー殿下、そろそろ婚約の相手を決めていただかないと」

こげ茶色の髪を後ろに撫で付けた燕尾服《えんびふく》のこの男は、私の家臣であるセバスだ。彼は眉間に皺《しわ》を寄せ、きつい口調で言う。

はぁ、またか。しかも今日は顔を合わせた一発目からこの話。

そろそろ三十五歳になることだし、しかめ面《つら》ばかりしているとそのまま皺《しわ》になるぞ。

「分かっている」

「もう候補者は出揃っているんですから、早めに結論を出さなければ、貴族達が騒ぎ出しますよ」

「分かっている」

「どの令嬢も位の高い家の者ばかりで、下手に騒ぎ立てられたら鎮めるのも一苦労なんですよ？」

「分かっている」

「殿下!!」

あぁ、もう、しつこい。

「だから、分かっていると言っているだろう」

「殿下、お言葉ですが、このやりとりはすでに五十六回目になります。いい加減、今日という今日は決めていただかないと」

はぁ、どの娘にも興味がないのだが。

目の前に置かれた釣書《つりがき》を無造作に手に取ると、ふっとその一つが目に留まった。

「この子は……」

「あぁ、アルノー家のご令嬢ですか？」

アルノー家。ああ、そうだ、見覚えがあると思ったら、幼少期にお茶会で会った子だ。

初めて参加するお茶会で緊張していた私は、女子だけの場にいるのが気まずくて庭園の隅にいた。

その時に花に止まる蝶を追いかけようとしたら、石に躓《つまず》いて転んでしまった。

慌てる周囲を他所《よそ》に、この子だけは近くまで来て「痛いの、ないない」と手が血まみれになるにもかかわらず、手当てしてくれたのだ。その子の手がとても温かく、不思議と痛みが柔らいだ気がした。

涙が止まった私を見て、その子は「えらいの、よしよし」ともう片方の手で頭を撫でてくれたのを覚えている。

この子にまた会いたいと思ったが、当時は名前までは覚えておらず、その後間もなく後継者教育が始まり忙しくなってしまった。

名前を知る頃には、分刻みのスケジュールをこなす日々で精一杯だった私は、いつしかその想いを心の隅に置きざりにしていた。

「この子に会いたい」

「殿下、お言葉ですが、イザベル嬢はお勧め出来かねます」

「何故？」

「この者は、以前より『メイドイビリ好きな意地悪令嬢』と陰で噂されていまして。現在はネスメ女子修道院にいるらしく、とてもじゃありませんがお会いになれる状況ではありません」

そんな馬鹿な⁉　あんなに優しい子がそんなことをするはずがない。きっと何か訳があるはずだ。直接会って確かめたい。

「分かった。では、今から会いに行こう」

「は？」

「だから、今からイザベル嬢に会いに行く」

「い、いきなりですと、先方にも確認を取らないといけませんし、混乱させてしまうかも――」

「ヴァレリー院長は母上が懇意にしている方だから問題ない。アルノー家には後日手紙を出しておけばいいだろう？　もしかしたら、これで嫁探しをしなくてすむかもしれないし。セバス、私の我《わが》儘《まま》に付き合ってくれないか」

「うっ……それでしたら……」

なんとかセバスを説得し、さっそく馬小屋へ向かった。

そこで馬の世話をしている馬丁を見つけ、声を掛ける。

「すまない、急用が出来たので私の馬を出してほしいのだが」

「は、はい！　今すぐにご用意いたします！」

乗馬は幼少期より父上や家臣から習い、今では一人乗りが出来る。馬車で行くよりも速いので重宝しているのだ。すると、護衛達が何名か近付いてきた。

「殿下、我々もお供します」

「少し様子を見に行くだけだから、あまり大所帯になるのは嫌なのだが」

「では、わたくしセバスと騎士団長の二名でいかがでしょうか」

「そうだな、それくらいにしてくれると助かる。我儘《わがまま》を聞いてくれて感謝する」

「いえ、それがわたくしの務めであり、誇りですから」

「ありがとう、セバス」

照れ臭くて顔を逸らしながらそう言うと、愛馬に跨《また》がる。

王太子であるがゆえに、周囲からの重圧がいつも息苦しく感じる。そんな中で、このセバスは素をさらけ出せる数少ない存在だ。

私はそのままネスメ女子修道院へ向け馬を走らせた。

今日は本当に天気が良く、頬に触れる風も心地よい。やがて、小高い丘の上に建物が見えてきた。

「あれが、ネスメ女子修道院か」

ヴァレリー院長とは何度も会っているが、ネスメ女子修道院に出向いたのはこれが初めてだ。

門前で馬から降りると、たまたま近くを通り掛かった修道女に声を掛けた。

「忙しいところにすまない。ヴァレリー院長に会いたいのだが、話を通してもらえないだろうか」

「は、はぁ。お名前を伺《うかが》ってもよろしいでしょうか」

「ヘンリーと言えば分かるはずだ」

「畏《かしこ》まりました。少々お待ち下さい」

修道女が早足で建物内へ消えるのを見送っていると、セバスが不安そうな様子で私に耳打ちする。

「殿下、やはり突然の訪問は中止した方が良いのでは」

「それは、今朝大丈夫だと言ったはずだが」

「ですが、ここは男子禁制ですよ」

セバスと小さな声で話をしていると、奥からヴァレリー院長がやって来た。

「まぁ、ヘンリー殿下！　せめて連絡くらいしていただかないと」

「悪い、ちょっと外の空気が吸いたくなってそのまま来てしまった」

ヴァレリー院長は呆れた様子でため息を吐く。

「その行動力はお父上に似たのでしょうか」

「さぁ、どうだろうな？　悪いが、アルノー家の令嬢に会いたい。様子を見てすぐに帰る予定だから、少しだけ中に入ってもいいだろうか」

「それは構いませんが、何故こんな時期に？」

「実は彼女は婚約者候補に入っているようなのだが、まだ会ったことがなくて。セバスが婚約者を早く決めろと朝からせっついてきてな」

「殿下……そんなことをおっしゃいますが、今までのらりくらりと躱《かわ》してきたのでは？」

ヴァレリー院長は鋭い突っ込みを入れる。

母上経由で私のことをよく知っているせいか、その発言には遠慮がない。

「うっ。ま、まぁ、その話は置いといて、令嬢に会えるか？」

「イザベル嬢は現在孤児院に勤務しておりますので、そちらに参りましょう」

「遠目に見るだけで良いんだ。王宮を抜け出してきたから、あまり時間が取れなくて」

「まぁ。分かりました、では、本人を見つけ次第殿下にお伝えいたしますので、遠目からご覧下さい」

「ありがとう、無理を言ってすまない」

「ふふっ、構いませんよ」

ヴァレリー院長はそう言い、扉を開けて私と家臣達を中に通した。

ほう、外部は古ぼけて見えるが内部は立派な造りをしている。

大聖堂を抜けて回廊を歩いていると、ヴァレリー院長が執務室と書かれた扉の前で止まった。

「あぁ、殿下。あちらで子供達を散歩に連れ出している女性がイザベル嬢でございます」

「二名いるが、どっちだ？」

「後方にいらっしゃるのがイザベル嬢ですわ」

おや？　釣書《つりがき》で見た時よりも随分痩せているな。

そのままイザベル嬢を観察していると、何やら子供が騒ぎ出した。イザベル嬢は優しく抱き上げるも、その子は暴れ出し、あろうことかイザベル嬢の頬を引っ掻いたのだ。

大変だ、手当てをしなければ！

しかし、今日来た理由はイザベル嬢の本当の姿を知るためだ。

人は不測の事態に陥《おちい》った時ほど本性が出ることを知っている私は、手助けしたい気持ちをぐっと抑えてしばらく見守ることにした。

するとイザベル嬢は子供に罰を与えようとする修道女の手を止め、その子を抱き締めたのだ。

自身の手当てもしないまま、子供の方を気遣うなんて……やはり、彼女はあの時から何も変わっていない。やはりメイドイビリ好きはただの噂話だったんだ。

よし、ここまで分かればもう充分だ、早く彼女の傷を労《いたわ》ってあげたい。

「レディ、急に声を掛けてすまない」

ああ、きょとんとした顔に当時の面影が残っている。可愛いな。

「先程から貴女の様子を見ていたが、怪我をしているようだね」

「へ、ヘンリー殿下！　咄嗟《とっさ》のことでご挨拶《あいさつ》もままならずに申し訳ありません。イザベル・フォン・アルノーと申します」

「堅苦しい挨拶《あいさつ》はいらない。それより早く手当てをしよう。ヴァレリー院長、薬はあるかな」

ヴァレリー院長が薬を持ってくる間、執務室の中で待たせてもらうことになった。

「さ、行こう」

やる気がなくて惰性でこなしていたマナー講義が、こんなところで役に立つとは。

さり気なさを装《よそお》いつつ、イザベル嬢をエスコートする。

「こちらで待たせてもらうことにしよう。君達、イザベル嬢と二人になりたいから外に控えていてくれないか」

セバスは難色を示したが、私はイザベル嬢との仲を誤解されても構わない。

今は他のよく知らない令嬢達よりも、彼女のことがもっと知りたい。

「さて、イザベル嬢の傷が心配だ。まずは冷やそう、ここに座って」

イザベル嬢は驚いた様子だ。しまった、ちゃんと説明をしていなかったな。

さて、このまま手当てだけしていても、せっかくの二人だけの時間を浪費してしまう。

そうだ、先程孤児を処罰しなかった理由を聞いてみよう。

「そういえば、何故イザベル嬢は危害を加えた幼児を処罰しなかったんだ？　顔に傷をつけるなんて不敬ではないか」

するとイザベル嬢は、子供を罰することなど考えたことはない、どんな子でも可愛いと答える。

私は小さい子供のお世話をしたことがないので正直よく分からない。

だが、馬は好きで、家臣や馬丁にお願いして内緒で世話をしているので、その大変さについては何となく想像出来る。

力仕事だし、臭いや汚れも付くが、馬が元気に懐いてくれる姿を見ると嬉しくなって、不思議とまた世話をしたくなるのだ。

「イザベル嬢は、優しいな。……あの時から変わっていない……」

「え？」

「いや、何でもない。それより、イザベル嬢のここでの生活について聞きたいな。話したことについては私達二人だけの秘密だ。だから雑談だと思って何でも気軽に話してくれないか」

これだと漠然とし過ぎか？　よし、では私から話そう。何か面白い話でもしてイザベル嬢を笑顔にしてみたい。試しにヴァレリー院長の話をしたのだが、好感触だった。

この手の身内話ならイザベル嬢も話しやすいようだ。

「最近でしたらヴァレリー院長のお話がありますわ」

「おお、どんな話だ？　彼女にはよく小言を言われるから、切り札になるような話を是非聞きたい」

話を聞くとイザベル嬢もヴァレリー院長のネタで、内容が面白い。

令嬢との会話でこんな話題が出るなんてまずないので、とても新鮮だ。

「こんなことなら早く貴女と話をしておけば良かった。昔の自分に腹が立つ」

「え？」

まずい、当時から君が気になっていた、なんて言ったら気味悪がられるかもしれない。

せっかく仲良くなれたのだから、ここは何も言わないでおこう。

そうこうしているうちに、ヴァレリー院長が戻って来た。

もう少し二人きりでいたかったが、仕方ない。

「イザベルさん、傷の具合はどうですか？」

「ヘンリー殿下が風魔法で冷やしてくれたので、もう痛みもないし大丈夫です」

「殿下が？　あら、随分手厚い看護をするのですね」

ヴァレリー院長は何かを察した様子で私を見る。

私のことをよく知っている彼女が、過去の失敗などの余計な情報を暴露したら困る。イザベル嬢に嫌われないよう、そろそろ帰ろう。

「イザベル嬢、楽しい時間をありがとう。それと、もし傷の治りが悪いようなら王宮から医師を派遣するから、ヴァレリー院長に申し伝えるように」

イザベル嬢ともう少し過ごしたい気持ちを抑えて見送りを断り、私は王宮まで馬を走らせながら空を仰ぐ。

澄んだ空は、イザベル嬢の美しい髪色のように見えた。

第三章　別れ

明るい陽射しがカーテン越しに窓から降り注ぐ。

ああ、もう朝か。

んんー、と伸びをしてベッドから起きると、シャッとカーテンを開ける。

今日は仕事がお休みの日なのだが、習慣でつい朝早くに目が覚めてしまった。

お休みと言っても修道院は更生施設の側面もあるので、同伴者付きで許可が下りないと外には出れない。

毎回申請書を出すのが面倒なので、大体は二度寝した後に家族へ手紙を書いたり、子供達の遊び相手になったり、読書をしたりと修道院内で地味な休日を過ごしている。

いつもならこの休日スタイルで過ごすのだが、今日はここに来てちょうど一年を迎える。

だからこそ、いつもと違う休日にしたいと思っていて、事前に外出許可を取っていた。

この一年間は本当に色々あったけど、子供達も修道院のみなさんもとても優しくて、たくさんの思い出が出来た。

優しさといえば……そうそう、こんなエピソードがある。

寒空の中、子供達と遊び過ぎて風邪を引いて寝込んでしまったことがあるのだが、クロエ様やルーシーさんが甲斐甲斐しく看病してくれ、元気になるようにと子供達が私が教えた折鶴を作って持ってきてくれたことがあった。

あの時は子供達が風邪を引いていないかとても心配したけど、私以外は元気だったのが救いだった。

そして、何よりみんなの優しさがとても嬉しかったことを覚えている。

もちろん他にも数えきれないいくらいたくさんのエピソードがあるが、どれも楽しかった。

そんな孤児院のみんなに感謝を込めて、今日は外でお土産《みやげ》を買ってきて配ろうと事前に計画していたのだ。ついでに子供用のおもちゃの道具なんかも調達したいしね。

そうそう、孤児院では前世の育児知識で作った知育おもちゃが流行《はや》っている。

「イザベルさんの作ったおもちゃや遊びは、どれも子供達が夢中になる」と、おもちゃを作るたびに他のクラスの修道女までおねだりしてくるものだから、仕事が終わった後もおもちゃ作りで夜なべする、なんてこともあった。今では私の育児知識は大変重宝され、何故か「育児の先生」のような扱いを受けている。

……おっと、いつまでもぼんやりしているわけにはいかないわね。

ベッドから下りて身支度を整えていると、コンコンと扉を叩く音が聞こえた。

あれ、もしかして付き添いの方が来たのかしら？　でも、待ち合わせの時間にはまだ早いけど……？

覚えのない来客に首を傾げつつ、返事をして扉を開けると、そこにいたのはヴァレリー院長だった。

「イザベルさん、お休みのところすみません。ちょっとお話ししたいことがあるので、応接室に来ていただけますか」

「は、はい」

ヴァレリー院長とは、見かければ挨拶《あいさつ》したり声を掛けられて雑談したりすることはあるけど、仕事上の接点がほぼないので、初日以外はあまり長く話すことがなかった。当然、私の部屋を訪れるのも初めてのことだ。

え、もしかして、私、何かやらかしたのかしら……？

全く身に覚えのない呼び出しに不安になりながらも、院長と応接室に向かう。

言われるままにソファに座ると、ヴァレリー院長は優雅な手つきでお茶を淹れ始めたが、その表情はどこか硬い。

「急に呼び出してごめんなさいね。ちょっと急いで伝えなくてはならないことがあります」

「急ぎ、ですか？」

「ええ。私も驚いているのですが、昨日速達でイザベルさんのご実家から手紙が届いて、明日貴女のお迎えが来ることになりました」

「え？」

「貴女は家に帰ることが決まったのですよ。お茶を飲んで落ち着いてからで結構ですので、帰り支度を始めて下さい」

寝耳に水とはまさにこのこと。突然の話に頭が付いていかない。

「ちょ、ちょっと待って下さい！　いきなり帰れって……一体どういうことですか？」

「実は手紙に、事情が変わり契約期間を切り上げたいと書かれていたのです」

「事情？　それはどういったものなのでしょうか」

「それが、詳細については何も書かれていなかったので分かりません。期間の短縮や延長はよくありますが、通常はもう少し早く通知があるので……私も困惑しています」

「そう、ですか」

ヴァレリー院長の様子を見るに、この話は事実なのだろう。

しかし、このまま「はいそうですか」と素直に受け入れたら、実家への強制送還が決まってしまう。

ここでの生活に馴染《なじ》み過ぎて忘れそうだったが、ネスメ女子修道院にいる限り攻略対象者のアルフ義兄様《にいさま》と距離を置けるのだ。

このまま帰ってしまえば、しばらくの間実家で一緒に生活をしなければならない。

「あの、どうしても帰らないといけませんか？　仕事は楽しいですし、これからも一生懸命働きます！　それに、急に帰るなんて言ったら、修道女のみなさんが大変になってしまうだろうし――」

「イザベルさん。申し訳ないのですが、ご実家からの申し出を断ることは出来ません。私には受け入れを拒む権利はありますが、不当に引き渡しを拒否すれば、拉致や監禁の罪に問われる可能性があるのです。……どうか、お察し下さいませ」

ヴァレリー院長の断りの言葉に、これ以上帰りたくないと駄々を捏ねても無駄だということを悟る。心の準備が追い付かないけど、ここにいても状況は変わらない。

「……ご馳走様でした」

席を立とうとした時、ヴァレリー院長がぽつりと呟《つぶや》いた。

「これは私の独り言ですので、聞き流して下さい」

首を傾げる私に、ヴァレリー院長はしみじみとした様子で話を続ける。

「イザベルさんの活躍ぶりは耳にしていましたし、貴女が来てから孤児院の雰囲気は明るくなりました。特に子供達の表情が明るく生き生きとして、お話をしっかり聞いて行動出来る子が増えたと感じています。いきなりの別れで皆も悲しむでしょうから、きちんとお別れの挨拶《あいさつ》をしていくといいでしょう。そして、ご実家に帰った後も、お気軽に当院にお立寄りいただけると嬉しいですわ」

「ヴァレリー院長……」

当初は雲の上のような方だと思っていたけれど、蓋《ふた》を開けてみればチャーミングなお人柄だし、周囲への気配りも素晴らしい。

私の院長に対する印象が変わっていった矢先に、こんな優しい言葉をかけられると……胸に込み上げるものがある。

「あらあら、そんなお顔をなさらないで」

ヴァレリー院長から手渡されたハンカチで目元を押さえると、指先が薄《うっす》らと湿る。

我慢していたのだが、いつの間にか涙が出てしまっていたようだ。

「ヴァレリー院長、今までありがとうございました」

込み上げる思いを堪《こら》えながら立ち上がり、ヴァレリー院長へ一礼して扉を閉める。

私は、前世では仕事でドジばかりして自分に自信が持てない人間だった。でも、今はこうして仕事ぶりを認めてもらえて、すごく嬉しい。それと同時にここを離れることが、とても寂しい。

とはいえ、急いで準備をしないとあっという間に時間が来てしまうだろう。

皆に、ちゃんと挨拶《あいさつ》をしなければ。

外出の申請を取り消し、早足で孤児院へ戻ると、さっそく子供達が寄ってきた。

「あー、ベル！　どこへ行ってたの？」

「ベル、遊ぼ！」

ああ、みんな私を慕ってくれている。

せっかく、仲良くなったのに。

「みんな、大好きよ」

子供達を纏《まと》めてギュッと強く抱き締める。

小さい身体からふんわり甘い、子供特有の優しい香りがした。

「あのね、みんなに話さなければいけないことがあるの。……私、明日でここを離れないといけなくなっちゃったんだ。だから、一旦みんなとはお別れよ」

「お別れ」の言葉を聞いた子供達は騒ぎ出した。

「え！　嫌だよ！」

「ベル、行かないで！」

「うわーん！　ベルがいなくなっちゃう」

泣き出す子、嫌がる子で辺りが騒がしくなり、ルーシーさんが何事かと慌てた様子でこちらに向かってくる。

「イザベルさん、どうしました？」

「ルーシーさん……実は先程ヴァレリー院長よりお話がありまして、明日家の者が迎えに来るそうなんです」

ルーシーさんはすぐに事情を呑み込めないようで、ぽかんとした表情をしている。

そうだよね、いきなりのことで私だってまだ頭が付いていっていないもの。

「明日ですか!?　期間は学園に入学するまでと聞いていたのに」

「詳しい事情は分からないのですが、昨日ヴァレリー院長宛に迎えの者が来るとの知らせが入ったらしくて」

「そう、ですか。急な知らせで驚きましたが……」

本当はルーシーさんにゆっくりと感謝の気持ちを伝えたいのだが、今は子供達の相手で忙しい時間帯だ。最低限にとどめよう。

「ルーシーさんには色々な意見を出してしまったし、生意気でとても面倒な新人だったと思います。それにもかかわらず、ルーシーさんは丁寧に話を聞いて下さって、しかも私の提案を採用してくれました」

そう、私はここに来て育児のやり方について指摘をしてきたし、私の意見で業務内容を変えたこともあった。

でも、それを真摯《しんし》に受け止めて業務を改善してくれたのは、紛れもなくルーシーさんだ。

「仕事だけではなく生活面までケアしていただいて、本当に感謝しかありません。それなのに、こんな形でルーシーさんにお別れの挨拶《あいさつ》をすることになってしまい、申し訳ない気持ちで一杯です」

「イザベルさん……」

「それに、せっかく仲良くなった子供達とお別れするのはとても辛いです。この子達の心に影響がなければいいのですが……」

そう言って、私は会話中も足にべったりくっつく子達の頭をそっと撫でる。

「貴女が申し訳なく思う必要はありませんよ。さあ、早く帰り支度を済ませた方がいいわ。他の修道女達には私から伝えておきますから、支度が済んだら今日は子供達の側に付いていてあげて下さい」

「はい、ありがとうございます」

ルーシーさんに向かって一礼し、一旦子供達と離れて自室へ向かう。

私が持ち込んだ物は数着の簡素なドレスと下着、身支度に最低限必要な小物だけ。

あっ、そうだ。修道服とエプロンを脱いでお返ししなきゃ。

私は修道服とエプロンを脱ぎ、丁寧に畳む。

もう、この服を着ることもないのか……

一人しんみりしていると、コンコンッと扉を叩く音が聞こえた。

返事をして扉を開けてみれば、どこか暗い様子のクロエ様が立っていた。

「イザベル様、さっきルーシーさんから聞いたのですが、明日修道院を出るって本当ですか？」

「はい、迎えの者が来ることになりまして、明日こちらを出て行くことが決まりました」

「そんな！」

「私も突然のことで驚いています。クロエ様ともせっかく仲良くなったのに、中途半端な時期に出て行くことになってしまい、本当にごめんなさい」

「イザベル様」

「短い間でしたが、ありがとうございました。家に戻ったらクロエ様に手紙を書きますね」

「グスッ……イザベル様が急にいなくなるなんて寂しいですわ。私もたくさん手紙を書きます」

ああ、ダメだ。

先程から涙腺が緩《ゆる》くなっているのか、じわりと景色が滲《にじ》む。

でも、皆の前ではなるべく笑顔でいたい。

「ここを出ても絶対みんなに会いに来ます。だから、そんなに暗い顔をしないで」

いつ再訪問出来るかは親次第なところがあるが、いつかその機会が来るはずだ。

これが一生の別れじゃない――そう思うと、悲しい気持ちも幾分《いくぶん》か和らぐ気がする。

「本当ですね？　絶対、また来て下さいね」

「ええ、絶対。約束ですわ」

私の言葉を聞き、クロエ様は涙を浮かべながらも笑顔になる。

「うふふ、イザベル様と二人だけの約束ですわ。破ったりしたら許しませんよ？」

「ふふ。もちろん」

こうやって友達と約束をするのっていいな。

さて、荷物も片付いたし、一度ルーシーさんに報告してこようかしら。

纏《まと》めた荷物を隅に置き、クロエ様と共に広間に行くと、ルーシーさんを筆頭に修道女達がズラッと並んでいた。

「イザベル様、お疲れ様でした」

「いきなりいなくなるなんて寂しいですわ」

「もし近くに来た時は、ぜひお立ち寄り下さいね」

ああどうしよう、すごく嬉しい。

そして、みんなと離れるのが悲しい。

色んな想いが込み上げてくるのを堪《こら》えて、私はその場で深くお辞儀をする。

「皆様、ありがとうございます。一年間お世話になりました」

本当はたくさん言いたいことがある。でも、皆業務の合間を縫って集まっているので、仕事が落ち着く時間帯にならないと長話は出来ない。迎えが来るまでにきちんと挨拶《あいさつ》して回ろう。

そんなことを考えていると、ライとリリアちゃんが手を繋《つな》いで私のもとへやって来た。

リリアちゃんは手に握られた紙を差し出してきたけど、これは一体何だろう。

「はい、招待状。今日の主役はママだよ！」

「ベル、きてね」

招待状？　何のことかしら。

二つ折りされた表紙はカラフルな絵の具で色付けされており、中を開くと子供の字でこんな内容が書かれていた。

『ベルへ　きょうは、しょくどうでおわかれ会をします。ゆうしょくのときにきてね』

「まぁ、嬉しい！　私のためにこんな会を開いてくれるなんて」

「お別れの話をしたところ、子供達が提案してくれたんです。食堂の料理人も快《こころよ》く引き受けてくれたので、今日は皆でお別れパーティーをしようと思いまして」

「まぁ、そうだったのですね。ありがとうございます、ルーシーさん」

「イザベルさんは慕われていましたから、いきなり離れることになって皆も悲しむと思います。なので、今日は全員と過ごす時間を作っていただけると嬉しいのですが、いかがでしょう？」

そんなこと、聞かれなくても答えは決まっている。

「はい！　もちろんです」

嬉しいなぁ。こんな素敵な会を開いてもらえるなんて。

よし、今日は悔いのないよう、子供達とたくさん遊ぶぞ！

そうと決まれば、ここを出る時まで動きにくいドレスではなく、修道服を着て過ごそう。

「みんな、今日はお別れパーティーまでたくさん遊ぼう!!　ちょっと着替えてくるね」

自室に戻り、急いで修道服に着替えると広間にいた子達に声を掛ける。

仕事に慣れてきてからは室内での知育遊びにも力を入れていたので、こんなに全力で外遊びをしたのは久しぶりだ。

ふふ、なんとなく初心に帰った気持ちだわ。明日は筋肉痛になったりして。

「ベル、何笑ってるの？」

「ん？　みんなと遊べて楽しいからよ」

「そうなんだ、僕も楽しぃ！」

「私も！」

そのまま子供達と遊んでいると、あっという間に時間が過ぎていく。

ああ、もう夕食の時間だわ。

たくさん外遊びをしたので、手洗いのために孤児院に戻り、準備を終えた子達を引き連れて食堂に行く。中は可愛らしい飾り付けで華やかになっていて、テーブルには美味《おい》しそうな料理が並んでいる。

「わぁ、すごいご馳走だ！」

「これ食べていいの？　おいしそう！」

はしゃぐ様子の子供達。そうだよね、こんなにご馳走あったら嬉しくなるよね。

「そうよ、みんなで食べようね」

そんなことを話していると、ルーシーさんとヴァレリー院長がこちらにやって来た。

「イザベルさん、今日はパーティーのご参加ありがとうございます」

「貴女は主役ですのでこちらへ」

二人に促《うなが》され、中央の席に案内されると、ヴァレリー院長は全体に向けて挨拶《あいさつ》を始める。

「皆さん、ご静粛に。本日はイザベルさんのお別れパーティーです。ルーシーさんからお伝えした通り、イザベルさんは明日こちらを発たれます。みなさん、最後にイザベルさんとたくさんの思い出を作って下さいね」

「イザベルさんからも、是非一言お願いします」

隣にいるルーシーさんから耳打ちされる。

話したいことはたくさんあるけど、言葉にすると泣いてしまいそうだわ。

それにご馳走を前に子供達を待たせてしまっても可哀相だから、せめてこれが最後のお別れではないことを伝えよう。

「皆さん、今日は素敵な場を設《もう》けて下さってありがとうございます。皆さんとの思い出は、どれも私にとっては大切な宝物です。明日ここを離れることになりましたが、また必ず遊びに来ます。その時は、たくさん遊んだり、お話を聞かせて下さい。本当にありがとうございました」

私の挨拶《あいさつ》が終わると、拍手が広がる。

「イザベルさん、ありがとうございます。では、女神のご加護と恵みに感謝し、マナーを守ってご馳走を楽しみましょう」

「はーい！」

子供達の元気な返事と共にパーティーが始まる。

どの子も美味《おい》しそうに食べているなぁ。私もお腹空いちゃったし、今日はたくさん食べよう！

美味《おい》しい食事に囲まれて、その日は時間の許す限り同僚達や子供達と楽しい時間を過ごした。

☆　☆　☆

パーティーを終えた翌朝、ついにネスメ女子修道院での最終日を迎えた。

朝から迎えが来るということで、起床後は修道服を綺麗に畳み、ここに来た時と同じ簡素なドレスに身を包む。

その後は修道女達に昨日のお礼を兼ねて挨拶《あいさつ》回りをし、ヴァレリー院長のいる執務室に行って準備が整ったことを報告すると、ちょうどお迎えの時間になる。

最後に子供達を抱き締めてからここを発ちたいと思い、ヴァレリー院長に相談したところ、快《こころよ》く許可してくれた。

孤児院に戻ると、遊んでいた子供達が「ベルがきた！」と私のところに寄って来た。彼らは次々に手に持っていた物を私に渡してくれる。

これは……私が以前に教えた折り紙だわ。きっと、子供達が朝食後に作ってくれたのだろう。

「みんな……っ……！」

ああ、もう、そんなことされたら涙が。

必死に我慢していたが堪《こら》えきれず、ポタッと温かい物が頬を伝う。

そんな私を見て、子供達がよしよしと頭を撫でてくれた。

思わず両手を広げて子供達を抱き締めていると、背後から私を呼ぶ声がする。

「ベル、迎えに来たよ」

聞き覚えのある、低めの甘い声。この声は、まさか。

「アルフ……義兄様《にいさま》？」

振り返ると、そこにはスラリとした長身の青年が立っていた。

別れる前は私とそんなに背丈が変わらなかったのに、ここ一年でずいぶん伸びたのだろう。髪型はほぼそのままだが、その顔立ちからは幼さが抜け、どこかミステリアスな色気を纏《まと》った美青年へ成長している。

わぁぁ、ちょっと見ない間にアルフ義兄様《にいさま》がすっかり大人っぽくなっちゃってる！

固まったままの私を他所《よそ》に、アルフ義兄様《にいさま》はゆっくりこちらへやって来ると、涙に濡れる私の頬を優しく両手で包み込み、指で涙を掬《すく》い取った。

「泣き虫なのは昔から変わらないね。さぁ、挨拶《あいさつ》はそのくらいにして家に帰ろう。おいで」

アルフ義兄様《にいさま》は私の側にあったトランクを軽々と持つと、反対側の手で私をエスコートする。

私は皆に向かって「ありがとうございました！」とお辞儀をし、孤児院を後にした。

エスコートされるまま馬車に乗り込むと、アルフ義兄様《にいさま》は隣に座ってきた。

あれ、確かイザベルの記憶では、これまでアルフ義兄様《にいさま》は馬車で隣に座ることなんてなかったんだけど。

しかし、一体どんな教育を受けたらこんな色気が出るのだろうか。隣にいるとドキドキして落ち着かない。

私の視線に気付いたのか、アルフ義兄様《にいさま》は優しく微笑みながらそっと私の髪を撫でる。

「ベルがあんなに周りから慕われているなんて驚いたよ。慣れない環境でも一生懸命頑張っていた証拠だね。おや、髪が少し傷《いた》んでいるみたいだ。家に帰ったらさっそく侍女達にケアをさせよう」

アルフ義兄様《にいさま》はそのまま私の髪を一房取り、そっと口付けた。

ひゃあああ！　髪にキス!?

恥ずかしさのあまり少し距離を取ると、アルフ義兄様《にいさま》は怪訝《けげん》な表情を浮かべる。

「ベル、どうしたの？　僕に触れられるのは嫌？」

「え!?　えーと、そんなことはないのですが……ちょっと暑くて！　汗ばんでいたものですから、ほほほ」

急成長したアルフ義兄様《にいさま》を意識してしまったんです、なんて言えないし。よし、話題を変えて話を逸らそう。

「アルフ義兄様《にいさま》、ずいぶん背が伸びたのですね」

「ん？　ああ、ここ一年で急に伸びたんだ。一気に伸びたせいか膝が痛くてさ」

ああ、前世で、一気に身長が伸びる成長期は膝とか関節に負担がかかるって聞いたことがあるな。

「ベルも身長が伸びたみたいだし、痩せて急に大人びた気がするよ。以前も可愛かったけど、今は更に美しくなって、まるで大人の女性に見える」

ゆるっとした修道服を着ていたからあまり身体の変化に気付かなかったけど、このドレスを着た時に丈が少し短くなったとは思っていた。

私もアルフ義兄様《にいさま》と同じく成長期だから、気付かないうちに背が伸びていたみたい。

それに、美しいだなんて。嬉しいけど、そんな風に言われるとちょっと恥ずかしい。

「ベルはネスメ女子修道院でどのように過ごしていたんだい？」

「えっと、孤児院で子供達の世話を任されていました」

「そうか。ベルは今まで世話をされてきた側だったから、それは大変だっただろう」

確かに最初は体力的に大変だったが、環境に慣れてしまえば要領よく動けるようになるものだ。

それに孤児院での生活はやりがいがあり、とても楽しかった記憶の方が多い。

「仕事を始めたばかりの時は大変だと思うこともありましたが、慣れてしまえばそんなことはありませんでした。子供達もかわいいですし、周りの修道女達も優しくて、とてもやりがいのある仕事でした。楽しく過ごせましたし、しっかり動くから健康的に痩せることが出来て、身体もずいぶん軽くなりましたの」

私の話を聞き、少しほっとした様子のアルフ義兄様《にいさま》。

「良かった。ベルは辛い思いをして過ごしているのではないかと心配していたんだ。でも、そうではなかったことが分かって安心したよ」

「アルフ義兄様《にいさま》、心配を掛けてごめんなさい」

「いや、それよりもベルがまた戻ってきてくれて嬉しいよ」

アルフ義兄様《にいさま》はこの一年間どう過ごしていたのだろう。

私のことばかり話しているけれど、アルフ義兄様《にいさま》のことも知りたい。

「アルフ義兄様《にいさま》はこの一年どうでしたか？」

「ああ、そうだな……基本的には家で教育を受けていたが、半年前から父上の公務補佐として実践的なことを学んでいるよ」

「そうなんですね」

「今までよりも、王宮への出入りや領地の視察に出る機会が増えてね。最近は家にいる時間の方が少ない気がするな」

おお、なんだか出張の多いサラリーマンみたいね。

「まぁ、それでは移動が大変ですね。でも、今まで行ったことのない場所に行けるのは楽しそうです」

「はは、確かに領地は広いから、初めて行く場所もあったりしたかな。普段と違った景色を見るのは楽しみでもあるね」

そうだ、各地に行ける機会が多いのであれば、お父様とアルフ義兄様《にいさま》が出掛けるついでに私も一緒に行けないかしら。確か、ネスメ女子修道院は領地からも王宮からもそう遠くはなかったはず。

「あの、アルフ義兄様《にいさま》」

「ん？　どうした」

「えっと、私、ネスメ女子修道院の皆様にまたお会いしたいんです。たくさんお世話になったし、お礼も兼ねて訪問したくて。我儘《わがまま》は承知の上ですが、例えばアルフ義兄様《にいさま》が王宮へ行く際に私も同行し、途中で修道院に立ち寄れませんか」

そう言うと、途端にアルフ義兄様《にいさま》の表情が曇る。

ああ、これは無理なお願いだったのかしら。

「あの……やっぱりダメですよね。面倒なことを言ってしまい、ごめんなさい」

「いや、面倒ではないし、ネスメ女子修道院に立ち寄るのは問題ないよ。それに、近々ベルは王宮に行くことになると思う」

「え？」

「詳細は義父上《ちちうえ》から話すことになっているから、僕の口からは詳しく言えないけど……君はそのうち王宮から呼び出しを受けるはずだ。その際にネスメ女子修道院にも立ち寄れると思うよ」

アルフ義兄様《にいさま》は少々ぶっきらぼうに言うと、そのまま窓の景色を眺めた。

私が王宮から呼び出し？　しばらくの間修道院にいて外にもほとんど出てないから、何かをやらかしたってことはないだろうけど……身に覚えがないので、どんなに考えても呼び出される理由が分からない。

仕方ないので外を眺めていると、やがて懐かしい景色が見えてきた。

行きの馬車では気付かなかったけど、そういえばここ、家族で来たことがあったな。

そんなことを思っているうちに、見慣れた門の前で馬車が停まった。

ああ、家に帰ってきたのね。

馬車から降りて屋敷の門をくぐると、帰りを待ち構えていた使用人達が一斉に頭を下げる。

「お帰りなさいませ、お嬢様」

隣にいたアルフ義兄様《にいさま》は私に向かって柔らかく微笑む。

「ベル、お帰り。さぁ、まずは義父上《ちちうえ》と母上に挨拶《あいさつ》に行こう。二人とも執務室にいるはずだ」

アルフ義兄様《にいさま》と共にお父様の執務室へ向かうと、満面の笑みを浮かべたお父様と、優しい表情のお義母様《かあさま》が出迎えてくれる。

「お帰り、イザベル。ネスメ女子修道院はどうだったかい」

「お父様、ただいま戻りました。修道院では皆様に助けられながら仕事に勤《いそ》しんでおりました」

「こちらにもイザベルの活躍ぶりが届いていたよ。よく頑張ったね」

お父様は私を優しく抱き締め、よしよしと頭を優しく撫でた。

「もう、お父様ったら！　私は小さな子供ではありませんわ！」

まるで幼児をあやすような行動に、思わずむくれ顔になる。

「そうだな、イザベルはもう立派なレディだ」

そう言ってお父様は私の頭から手を離す。

あ、そうだ。お父様には聞きたいことが山ほどあるんだったわ。

「お父様にお伺《うかが》いしたいことがございます。何故、私は急に家に戻されたのでしょうか」

すると、お父様は途端に険しい表情をして黙り込んでしまった。

え、何だろう、悪い話かな。

見兼ねたお義母様《かあさま》がお父様を促《うなが》した。

「貴方、イザベルにきちんと話さなければ」

「う、うむ。イザベル、落ち着いて聞いてほしい」

お父様のただならぬ様子に自然と背筋が伸びる。

「つい数日前に、お前の婚約者が決まった」

「え？　婚約者、ですか？」

ああ、急に家に戻された理由はこれだったのか。

前世と違ってこちらでは親同士が結婚相手を決めることが多いんだけど、大体は事前に顔合わせの場が設《もう》けられる。家族同時の繋《つな》がりがあることも多いから、誰だか分からないなんてことはあまりないはずなんだけど。

変な人だったら嫌だなぁ……一体誰だろう。

「実は……王太子殿下の婚約者にお前が選ばれた」

「おうたいし、でんか？」

「貴方、イザベルが混乱しているみたいよ。イザベル、よく聞いて頂戴。一昨日知らせが届いて、貴女がヘンリー王太子殿下の婚約者に選ばれたそうなの」

へんりー……。ヘンリーって、二ヶ月ほど前に会ったあの攻略対象者のキラキラ王子⁉

「ええ⁉」

「どうやら殿下は早々にイザベルを婚約者にする予定だったそうだが、王宮内での調整に時間が掛かり通知が一昨日になったそうだ。近々王宮から呼び出しが掛かるはずだから、それまで家でゆっくりするといい」

う、う、嘘でしょ――!?

接点なんて、修道院で話したあの時くらいしかないのに。

もしかして、ゲーム補正が掛かっていて、イザベルは攻略対象者達から離れることは出来ないとか……?

「イザベル、帰宅してすぐにこんな話を聞いたから頭が混乱しているでしょう? 顔色が悪いわ。まずは自室でゆっくり休みなさい」

「は、はい」

はぁぁ~、どうしよう。

自室に戻りソファに座ると、思わずため息が漏れる。すると、私の世話をしに部屋に来たアニーが、心配そうな顔をする。

「お嬢様、とてもお疲れのようですね。ネスメ女子修道院での生活はさぞお辛かったでしょう」

アニー、違うの。断罪フラグを回避するどころか、逆にフラグが立ってしまったことに絶望しているのよ――とは言えない。

「それに美しかった御髪《おぐし》が少し傷《いた》んでおりますわ。お嬢様は常に美しく輝かしい存在でいなければ。一年間もお嬢様のお手入れが出来なくて、毎日寂しくて仕方がありませんでした。あぁ、早くお嬢様のケアをしたくて堪《たま》りません! 今日は私共が腕によりをかけて入念にお手入れいたしますわ」

アニーは昔から私のお手入れをするのが大好きで、ちょっとでもアニーの美レベルから外れると、すぐに侍女達によるお手入れ地獄が始まるのだ。

以前のイザベルなら当然のように施術を受けるだろうが、前世の私は人様から身体のケアをされる機会があまりなかったため、どうしても抵抗がある。

「ありがとう。気持ちは嬉しいけど、今日は疲れているから別の機会にするわ」

するとアニーはこの世の終わりのような絶望に満ちた顔をして、泣き出した。

「お嬢様、私では力不足でございますか？　もしや、お役御免ということでしょうか⁉」

「え⁉　いや、そうじゃなくて」

「いつものコースでは物足りないでしょうか。でしたら、これから半日掛けて特別なケアをいたします！」

は、半日⁉　断罪フラグをどう回避するかこれから考えなきゃいけないのに、勘弁して――‼

アニーは動揺する私を他所《よそ》に「すぐに担当の者を連れてきますので、このままソファでお待ち下さい」と他の侍女達を呼びに行ってしまった。

面倒なことになったなぁと再びため息を吐くと、コンコンッと扉を叩く音が聞こえる。

あれ、もう戻ってきたのかしら、早いわね。

「どうぞ」

返事をすると、扉を開けたのはアニーではなくアルフ義兄様《にいさま》だった。

「ベル、話したいことがあるんだ。少し中に入ってもいいかな？」

正直今は作戦を立てることで頭がいっぱいで話をしたい気分ではないのだけど、追い返すのも悪いしなぁ。

「はい、こちらへどうぞ」

私と反対側の席に促《うなが》したのだが、アルフ義兄様《にいさま》は私の隣に座ってきた。

馬車の時といい、また隣に座るの？　距離が近くてちょっと落ち着かないわ。

思わず態度に出てしまったようで、私のそわそわする様子を見てアルフ義兄様《にいさま》はクスッと笑う。

「僕が隣だと気になる？」

「え」

「さっきから落ち着きがないし、ほら、顔も赤い」

「もう！　揶揄《からか》うのはおやめ下さい。それより、お話とは一体何ですの？」

「ネスメ女子修道院にいた時のことが聞きたくてね。ベル、ネスメ女子修道院でヘンリー殿下とお会いしたことがある？」

「ええ。一度修道院でお見掛けして、少しお話ししたことがあります」

「殿下と接触したのはそれだけ？」

「はい」

そう答えると、アルフ義兄様《にいさま》は険しい顔をしながら腕を組み考え込んでしまった。

あれれ、私、なんかマズいことでも言ったかな。

私の視線に気付いたのか、アルフ義兄様《にいさま》はふっと優しい表情で私を見つめ返した。

「急に婚約話が来たから、ベルに何かあったのかと心配だったんだ。教えてくれてありがとう」

直後、扉を叩く音がして、アニー率《ひき》いる美容部隊がゾロゾロと部屋に入ってきた。

「おや、侍女達が勢揃いだね」

「アルフレッド坊ちゃま。これからお嬢様は、お手入れのご予定がございます」

「ああ、そうだったのか。ベル、邪魔をしたね」

アルフ義兄様《にいさま》はそそくさと部屋から出て行ってしまった。

「さぁ、さっそく綺麗に磨き上げますわよ！」

「あ、あの」

「安心して下さい、お嬢様。本日はスペシャルケアで身も心も美しく整えて参ります！　さ、皆、気合を入れて行きましょう」

「はい！」

えええ、ちょっと待ってよ。私はこれからの作戦を練りたいのに〜！

そんな心の叫びも虚しく、私はアニー率《ひき》いる美容部員達のお手入れ地獄を受ける羽目になった。

幕間　修道院からの奪還（アルフレッド視点）

ベルが修道院に行き、一年が経過した。

僕はいつもの定期報告に耳を傾けている最中だ。

「……という報告結果からも分かる通り、イザベル様は修道院で大活躍されているようです」

「なるほど。調査、ご苦労だったな」

「いえ、私はただ家臣としての仕事をしたまででございます。では、また御用がございましたらお声掛け下さい」

「ああ」

こいつは『影』と呼ばれる者。

アルノー家は代々宰相を務める家柄ゆえに諜報員を抱えているのだが、跡取り教育の一環として現在義父上《ちちうえ》と共に影の取り纏《まと》めをしている。

その彼らから届いた調査結果に、僕は驚きを隠せないでいた。

こんなの、僕の知るベルとは全く違う。まるで別人のようだ。

やはり修道院送りのショックで性格が大きく変わってしまったのか。いくら考えても、結論は出ないままでいる。

しかし、修道院でのこの活躍振りは使えそうだ。ベルが充分に反省し、アルノー家に必要な人材であることを義父上《ちちうえ》にアピール出来る材料になる。

僕は義父上《ちちうえ》にと交渉すべく、影から得た報告書を持って執務室へと向かった。

すると、突然扉が開き、中から慌てた様子の義父上《ちちうえ》が飛び出してきた。

「た、大変だ！」

仕事中は冷静沈着で、時に冷酷無比な決定も厭《いと》わない義父上《ちちうえ》が、手紙を握り締め、酷く狼狽《うろた》えた様子を見せている。一体、何事だ？

「義父上《ちちうえ》、どうされました？」

「イ、イザベルが」

ベルに何か不測の事態でも起きたのか⁉

「ベルがどうしたんです⁉」

「イザベルが、こ、婚約者に選ばれた……」

「は？」

「イザベルが、王太子殿下の婚約者に選ばれた」

王太子、だと？

アイツのことは幼い頃からよく知っている。

表の顔は飄々《ひょうひょう》としているが、裏の顔は策略家で、国王陛下によく似た食えない奴だ。

婚約者候補にベルが入っているとは聞いていたが、修道院送りが決まってその話はなくなったものだと思っていた。

「ベルはネスメ女子修道院にいますし、殿下と面識はないはずですが。何かの間違いでは？」

「私もそうだと思って、何度も手紙を確認したのだが……」

あの紋章にあの封筒。確かに王族からの手紙で間違いない。

「今朝急に決まったらしい。し、信じられん。私の可愛いイザベルが……っ！」

ベルのことになると途端に感情的になる義父上《ちちうえ》は、手紙を握り締めたまま男泣きし始めた。

こうなると面倒なので、放っておこう。

足早に自室へ戻り、デスクに座って思考を巡らせる。

先程の影からの報告には、王太子が修道院に出入りしたという記録はない。

急に決まったということは、影の調査と入れ違いになったのか？

いずれにしろ、経緯が分からない状態では王太子本人に理由を聞いても上手く躱《かわ》されてしまうだろう。

アイツは昔から狙った獲物は貪欲に、そして確実に仕留める奴だ。

クソッ、そう簡単にベルを渡してなるものか！　ベルは、僕だけの義妹だ。

男の汚い手垢など付かないよう、いっそのことアルノー家で囲ってしまおうか……

しかし、このままでは対策のしようがないな。

ベルが家に戻り次第、折を見て本人から状況を聞き出し、今後どうするのか検討するのがいいだろう。

厄介な事態にはなったが、これを機にベルを修道院から戻せるのは嬉しい誤算だ。

ベルを家に戻した後は、何らかの形で本人が王太子との結婚を拒むよう仕向けるのはどうだろうか。本人の強い意思となれば、義父上《ちちうえ》も全力で策を練ってくれるかもしれない。

このままアルノー家にいてくれれば今まで通りベルに不自由はさせないし、僕が一生を懸けて守っていくつもりだ。

ふと時計に目をやると一時間ほど経っていた。そろそろ義父上《ちちうえ》は落ち着いただろうか。

再び執務室へ訪れると、泣き腫《は》らした目で明らかに落ち込んだ様子の義父上《ちちうえ》が、椅子に座り窓の外をボーッと眺めていた。

「義父上《ちちうえ》、婚約者の件もありますし、ベルを修道院から家に戻した方がいいのではありませんか？」

「ああ。それは、私も考えていた。契約期間は二年だったが、この状況下では仕方がない。ベルを帰してもらおう」

「迎えには僕が行っても構いませんか」

「そうだな、血は繋《つな》がらなくとも、お前にしてみたらたった一人の妹だ。迎えに行ってやるといい」

「ありがとうございます」

さて、早急に修道院に連絡しなければ。

自室へ戻り、さっそくヴァレリー院長宛に手紙を書き、ベルを帰してもらうための準備を進める。

そして、ベルを迎える日がやって来た。

逸《はや》る気持ちを抑えつつネスメ修道院に向かうと、そこには一年前より更に美しくなったベルの姿があった。

ぷにぷにだった身体はまるで猫のようなしなやかな曲線を描き、顔からは幾分《いくぶん》か幼さが取れて、少女から洗練された女性へ様変わりしていた。

元々美人ではあったが、丸みが取れただけでこんなに雰囲気が変わるものなのかと思わず二度見してしまったくらいだ。今のベルなら王太子が隣にいても引けを取らないくらいの存在感がある。

ただ、泣き虫なところはやはり年相応だ。以前と変わっていないところを見ると、少しほっとする。

ベルは修道女や孤児院の子供達から随分懐かれていたのか、手厚く送り出されている。

影からの報告でベルの活躍振りは聞いていたが、彼女からも直接話が聞きたくて馬車の中で会話を交わす。ベルは修道院の生活が楽しかったようで、生き生きとした表情で話してくれた。

そんな風に会話をしていると、あっという間に家に着く。

このままずっと兄妹仲良く過ごしていければいいのに、婚約という言葉が重くのしかかる。

両親から話を聞かされたベルは酷く動揺しているようだ。いきなりのことだから無理もないだろう。

なんとか婚約解消の糸口を探りたくて、ベルの部屋を訪れて話を聞くと、やはり影と入れ違いで王太子に会っていたようだ。

美しいベルに心を奪われた、といったところだろうか。

仮にそうであるならば、今後奴の方から婚約を破棄するようなことはないだろう。

これは厄介だな……

僕はもうすぐ学園に入学する。その前にせめてベルとの絆《きずな》だけでも強固なものに出来ないだろうか。

今後の策について悶々と考えているうちに、カーテンの隙間から薄光が差し始める。

しばらくは眠れない日々が続きそうだと、深いため息が漏れた。

第四章　キラキラ王子の正体は

んん、朝……？

ふと目を覚ますと、部屋の中が薄《うっす》らと明るくなり始めていた。

まだ明け方か、起きるにはまだ早いけどベッドにいても暇だしなぁ。

こんな朝っぱらからアニーを呼ぶのも悪いし、一人で屋敷内の散歩でもして時間を潰そう。

ベッド脇に置いてある羽織りものを着て部屋を出ると、人気《ひとけ》のない廊下を歩き出す。

家に戻って来て数日が経過したのだが、今日はお茶の時間帯にヘンリー殿下が我が家を訪問するらしい。

はぁ、今後はこうやって顔を合わせる機会が増えるだろうし、婚約者としての振る舞いも求められるだろう。悪役令嬢のルートに近付いていく状況をどうやったら変えられるのだろうか。

家に帰ってきてからずっと考えていたけど、いい案なんて浮かばなかった。

「困ったなぁ」

思わず漏れる独り言が静かな廊下に響く。

うーん、今の状況ではヘンリー殿下との婚約も避けられないし、アルフ義兄様《にいさま》と距離を取ることも出来ない。であれば、せめて周りからの心証を良くして評価を上げられないだろうか。

そこでふと、孤児院のことが頭を過《よぎ》る。

この世界では子育てに関する知識が前世より少なく、子供達を取り巻く環境は決して良いものではない。

特に下流家庭は子供を労働力とみなすため、学校に行けず、結果として職業選択の幅が狭くなる。

孤児院の子供達も学校に行っていないため、きっと大人になっても自由に職を選ぶことは出来ないだろう。

あの子達の未来をより明るいものへ変えてあげたいと願っていたけど、孤児院で私の出来ることなど些細《ささい》なことだった。

そうだ、これを機に教育事業を始めてみるのはどうかしら。

そうすれば、周りからの心証が良くなるかもしれないし、何より子供達の未来を広げることに繋《つな》がるかもしれない。

幸いにも今の私にはアルノー家の後ろ盾がある。その権力を生かし、私に出来ることをすべきなのではないだろうか。

窓枠へ寄りかかりながら思考を巡らせていると、「お嬢様」と後ろから声を掛けられる。アニーだ。

「もう起きていらっしゃったのですね。部屋に誰もいらっしゃらなくて驚いてしまいました」

「ごめんなさい。早く起きてしまったのだけど、早朝からアニーを呼ぶのも悪いと思って、屋敷内を散歩していたの」

アニーは、ふふっと優しく微笑んだ。

「やはりお嬢様は、優しい心をお持ちでいらっしゃいますね」

「優しい、心？」

以前のイザベルは、周りから高慢な性格で我儘《わがまま》放題だと言われていたはずなのに？

「私は、お嬢様がメイド達を厳しく指導していたのも、彼女達を思ってのことだと知っておりました。ですから、修道院行きが決まった時、どれだけ嘆いたことか……。お嬢様が戻られて、私共は心底嬉しく思っております。ですから、お困りの際は遠慮なくお呼び下さい。すぐに駆け付けますわ」

アニーはイザベルの真意を知っていたんだ。だから、イザベルがメイドイビリをしても態度を変えないでいてくれたのね。

こんな素敵な使用人に恵まれて、イザベルは幸せ者だな。

「アニー、ありがとう」

するとアニーはにっこり笑って、「私共は、いつもお嬢様と共にあります」と深く礼をした。

イザベルを慕ってくれるアニーになら、さっき思っていたことを相談してもいいかもしれない。

「ねぇ、アニー。私、この国の子供達がもっと幸せに暮らせるよう、何か出来ないか考えていたの。それをお父様にお話ししても良いと思う？　お忙しいお父様のご迷惑にならないかしら？」

「そのような崇高なお考えがあるのですね。旦那様はお嬢様のことを大切にしていらっしゃいますし、お話ししても何も問題ないかと。それに、迷惑どころか、逆に旦那様は喜ばれるのではないでしょうか」

よし、アニーも後押ししてくれていることだし、真剣に事業について考えてみようかな。

さっそく自室に戻ると、デスクに向かう。

あれ、筆記用具はどこに仕舞ったかしら？　あ、アニーが引き出しに戻してくれたのね。

まずは前世の記憶をもとに改善策について考えてみよう。

あーでもない、こーでもないと考えながら意見が纏《まと》まってきたところで、コンコンッと扉を叩く音と、アニーの声が聞こえた。

「お嬢様、失礼いたします。もうすぐ朝食のお時間になりますが」

ああ、もうそんな時間か。時計を確認したら、確かに朝食の時間は過ぎている。

アニーと急いで食堂まで向かうとすでに家族が揃っていた。

「遅くなりまして申し訳ございません」

「いや、今皆が揃ったところだ。じゃあ食事を始めよう」

和《なご》やかな雰囲気で食事を取り、食後のお茶が運ばれてきた。

お義母様《かあさま》は優雅な手つきでカップを持ち、アルフ義兄様《にいさま》と談笑している。

どうやら今日の予定について話しているようだ。

ああ、ついに我が家にヘンリー殿下が来るんだよね、攻略対象者と接点が増えるのは気が重いなぁ。

そんなことを考えながらちびちびお茶を飲んでいると、お父様が何かを思い出したかのように話し掛けてきた。

「そういえば、イザベル。今朝は食堂に来る時間が遅かったが、何かあったのか？」

「あ……ええと、今朝は少し考え事をしておりました」

「考え事？　どんなことだい？」

おっ、これは先程考えていたことを提案するチャンスかもしれない。

「お父様、私、孤児院で働いて気付いたのです。この国で暮らす子供達の環境を改善しなくてはならないと」

「ほう」

「子供は将来国を支える大切な存在です。それにもかかわらず、この国では子供を守り、育てる、という観点が抜けているように思えるのです」

「具体的に何が抜けているのかな？」

「例えば、現在学園に入れる子はお金に余裕のある中流階級以上の家庭ですよね。同じ子供でも、下流階級の子には教育の機会すら与えられないのがこの国の現状です。教育を受けられなければ、自《おの》ずと将来の選択肢の幅は狭まるでしょう。……もし、その子達が適切な教育を受け、読み書きや計算が出来ていれば、就ける職業が増えるかもしれません」

談笑をしていたお義母様《かあさま》とアルフ義兄様《にいさま》はいつの間にか会話を止め、私の話に聞き入っているようだ。お父様は目をまん丸にして驚いた様子だが、真剣に私の話を聞いてくれている。

ちょっと緊張するけど、今きちんと自分の意見が言えなかったら、きっとこの話は立ち消えになってしまうに違いない。ここは勇気を出して、考えていたことを一気に話してしまおう。

「今までまともな職に就けなかった子が仕事をし、安定した暮らしのもとで税を納めることが出来れば、税収も増え、国全体の生活も潤《うるお》うでしょう。……そう考えると、教育の場は貧富に関係なく、等しく提供されるべきだと思うのです」

私の話が終わると、お父様は真面目な表情で腕組みをしながら口を開く。

「確かにその考えは理想的だ。しかし、現実的には下流家庭では生活のために子供も働く必要があり、学費を支払う余裕などない。そこはどう考える?」

「そうですね……低所得層向けに新たに学園を設立し、そこに通う生徒については学費を無償にすることは出来ないでしょうか」

「しかし、それだけでは幼子の面倒を見る子は学園には通えないだろう」

この世界の平民は、働く親の代わりに下のきょうだいの面倒を見るのが一般的だ。お父様からこのような意見が出るのはもっともなことなのだが、私も想定していた内容なのですぐに次の提案をする。

「ええ、それは私も思いました。それならば、親が働き一定の税を納めることを条件に、幼い子供達を預かる施設を作るのはどうでしょうか? 子供を安全に預けられる場所があれば親も安心して働きに出られますし、家庭の収入が増えれば子供達も働かずに済み、幼いきょうだいの面倒を見る必要はなくなります。それに、施設が新たに出来ればそこでの雇用も生まれます。もちろん、これだけで対策が充分とは言えませんが、試してみる価値はあると思うのです」

お父様は再び腕を組み、何やら考え事をしている。

「低所得層向けの学園設立と、幼子の預かり施設か……」

ああ、やっぱりダメだったかしら。

「イザベル、とても面白い発想だ。そうだな……試しに現在領地にある孤児院を一つ拡充し、試験的に運用してみよう」

「え？　いいのですか？」

「ああ、領民のための投資なら、多少税を使っても反発は少ないだろう。しかし驚いた。まさかイザベルの口からこんな意見が出るとは。立派な娘に育ってくれて、お父様は嬉しいよ。イザベルは私の誇りだ」

「お父様、ありがとうございます」

「低所得層向けの学園設立については、私の方で調整しよう。ただ、イザベルだけで運用するのは難しいだろうから、補佐を付けようと思う。アルフレッド、これも勉強だと思ってイザベルに経営の知識を教えてあげなさい」

「はい。畏《かしこ》まりました」

え、アルフ義兄様《にいさま》と一緒⁉

ちょ、ちょ、ちょっと待った——‼

それじゃあ断罪フラグから遠ざかるどころか、逆に近付いてしまうじゃない⁉

「イザベルは昔からアルフレッドにベッタリだったからな。来年にはアルフレッドが学園に入学するから寂しくなるだろうし、今のうちに兄妹仲良く過ごすといい。さて、私はこれから用事があるから早めに発つが、午後には戻るよ。アルフレッド、お前も一緒に来なさい」

「はい、義父上《ちちうえ》」

「イザベル、今日の話はとてもいい刺激になったよ。また何か思いついたら聞かせてくれ」

お父様とアルフ義兄様《にいさま》はさっと席を立って食堂を出て行ってしまった。

どうしよう、こんなはずじゃなかったのに。

「イザベル、お父様もおっしゃっていましたが、貴女は本当に立派に成長しましたね。やはり家庭教師を付けて教育に力を入れたのは正解でしたわ」

「お義母様《かあさま》……」

そういえば、お義母様《かあさま》は私の我儘《わがまま》っぷりを案じて、家庭教師やら何やら付けてくれていたっけ。

そのおかげか、前世では知らないはずの魔法やこの国の細かい情報も、イザベルの記憶を少し辿れば簡単に理解出来た。それなりの教養は身に付いているという自覚はあったけれど、改めてお義《か》母様《あさま》に感謝する。

「あら、大変。もうこんな時間だわ。私はこれから殿下の手土産《てみやげ》を用意してきますから、少しの間お留守番頼みましたよ」

そう言ってお義母様《かあさま》も出て行き、一人この場に残される。

私は思わずため息を吐いた。

事業の提案が通って嬉しい反面、アルフ義兄様《にいさま》と行動を共にしないといけないことが憂鬱《ゆううつ》だ。この先どうしたらいいのかしら。

「お嬢様、お話がございます。……お嬢様？」

「ああ、アニー。何かしら」

「実は洗濯担当のメイドから、このような物がお召し物のポケットに入っていたと報告を受けたのですが」

あ！　その人形には見覚えがある。孤児院にいたリリアちゃんがよく遊んでいたものだ。

リリアちゃんはその人形がないと上手く寝付けず、眠くなるとおもちゃ箱から引っ張り出して手に持っていた。

「心当たりがおありですか」

「ええ。これは孤児院にいた子が大事にしていたおもちゃだわ」

なんでリリアちゃんのおもちゃが私の服に入っていたのだろう？

別れ際に子供達とたくさん触れ合っていたから、紛れてポケットに入ってしまったのかしら。

今頃リリアちゃんも修道女の皆も困っているに違いない。

うーん、何とか届けてあげたいな。

だけど、今日は家族が馬車を使っているから、行くなら徒歩か馬しかない。

そうだ、ここは前世の乗馬体験を生かして馬を使ってみようかな。

実は学生の時に馬術部に入っていたのだが、そこで乗馬の楽しさを知り、卒業後も乗馬クラブに入って、休日は乗馬を楽しんでいたのだ。

妊娠してからは乗馬クラブに通えず、代わりにヨガにはまっていたのだけど。

しかし、残念なことにこの国の令嬢は落馬やドレスの汚れを気にして、乗馬は嗜《たしな》まないのよね。

でも、小言を言いそうなお義母様《かあさま》は今はいないし、ダッシュで行って帰ってきたらギリギリバレないかしら。

「アニー、その人形を渡して。それと、もっと動きやすい服に着替えたいから手伝ってくれる？　あと、これから私がすることはお義母様《かあさま》には黙っておいてほしいの、お願い！」

「は、はぁ」

アニーは訳が分からないと言った様子でポカンとしていたが、私が食堂から出て行くと慌てて後を追ってきた。

アニーに出してもらった丈のやや短い町娘風のワンピースに着替えた私は、足早に馬小屋に向かうと、馬丁に馬を用意するよう頼んだ。

「よしよし、良い子ね。私を乗せてもらえるかしら」

背後に控えていたアニーが動揺した様子で私に話し掛けてくる。

「お、お嬢様？　一体何をされるおつもりですか？」

「馬に乗って、ネスメ女子修道院まで人形を返しに行こうと思うの」

「ええ!?　そ、そんなことしたら危ないですわ」

「これくらい大丈夫よ」

そう言って左足を鐙《あぶみ》に掛けた時、背後から声がした。

「へぇ、イザベル嬢は乗馬が出来るのか」

聞き慣れない声に振り向くと、金髪碧眼の少年と従者、そしてそれを取り囲むように慌てた様子の使用人達がいた。

約二ヶ月ぶりのヘンリー殿下は相変わらずのキラキラ王子オーラを全方位に振りまき、満面の笑みを浮かべている。

「やあ、イザベル嬢。今日は予定が変わって時間が早まってしまったんだ。アルノー卿とアルフレッドとは先程すれ違って、後から向かうと聞いていたんだが、夫人も不在だったから先に案内してもらったよ」

は！　いけない、挨拶《あいさつ》しなきゃ！

「た、大変失礼いたしました。ヘンリー殿下、ごきげんよう」

「私と貴女は婚約者になったんだから、そんな仰々《ぎょうぎょう》しい挨拶《あいさつ》はいらないよ」

「は、はぁ」

そうだった、私達ってもう婚約者なんだよね。

「二ヶ月振りだね。思いの他、調整に時間が掛かってしまったが、こうして再び会うことが出来て嬉しく思う」

そういえば、この婚約って急に決まったんだよね。それも気になったし、そもそも私が選ばれた理由は何だったんだろう。

「ヘンリー殿下、あの、こんな場でこんなことを聞くのも何ですが、何故急に私との婚約が決まったのでしょう？」

「ああ、それは私がイザベル嬢に惚れてしまい、貴女が相手じゃないと結婚しないと言ったんだ。元々早く婚約者を決めてくれと言われていたから、私からしたらようやく決まったことなんだが、イザベル嬢から見れば急に思えても仕方ないな」

「え？」

ヘンリー殿下が私に惚れている？　それって普通ヒロインに言うセリフじゃないの⁉

「イザベル嬢は内面、外面共に美しいと思ったし、貴女と過ごす時間は楽しかった。私の一存で決めてしまったから、貴女の気持ちがないことは分かっている。だから、今からでも少しずつ私を知ってほしい」

ヘンリー殿下は真剣な眼差しで私を見つめる。

ううう、そんな眩《まばゆ》い面立《おもだ》ちで私を見ないでぇ。

「そ、そうだったんですね……ほほほ」

なんと返したら良いのか分からず愛想笑いで誤魔化すと、ヘンリー殿下は思い出したように馬に目線を移す。

「そういえば、イザベル嬢は馬に乗ってどこに行くつもりだったんだい？」

そうだった、これから急いで出掛けようと思っていたんだっけ。

「えっと、ネスメ女子修道院まで行く予定でございました。でも、ヘンリー殿下もいらしているのでまたの機会にしますわ」

「そうだったのか、タイミングが悪かったようで申し訳ない。……そうだ、私の馬で良ければ相乗りで行くのはどうだろうか。ご家族が戻るのに多少時間が掛かるだろうし、それなら予定を変更しなくて済むだろう」

「で、ですが……」

戸惑う私の手を取ると、ヘンリー殿下はその甲に優しく唇を落とす。

うきゃぁぁあ！　手の甲にキキキス!?

「婚約者なのに我々は一度も二人で外出していないんだ。私はもっと貴女のことが知りたい。他の者達も同行させるし、どうか私に貴女と過ごす時間をもらえないだろうか」

さ、さすがは攻略対象者。キラキラオーラがすご過ぎて目が開けられぬ！　……って、今は美男子を堪能している場合じゃなかった。

本当なら断罪フラグとご一緒なんてしたくないけど、王太子の頼み事を断るなんて怖くて出来ない。

「ええと、家族が戻った時には家にいなければいけないので、その間でしたら……」

「分かった、では急ごう。イザベル嬢、ちょっと失礼するぞ」

「わわ！」

ヘンリー殿下は軽々と私を持ち上げて馬に座らせると、自身はその後ろに乗り手綱《たづな》を握った。

キャーー!!　きょ、距離が近い！　こんな間近にイケメンがいたら緊張しちゃう！

ヘンリー殿下の体温を服越しに感じるたびに、顔中に熱が集まるのを感じる。

私の異変に気付いたのか、ヘンリー殿下はふっと耳元で囁《ささや》く。

「イザベル嬢は可愛いな、耳まで赤くなっているよ。少しは私のことを意識してもらえていると期待していいのかな？」

「へへヘンリー殿下⁉」

「ははっ！　すまない、冗談だよ。さ、馬が動くからしっかり私に寄り掛かって」

ヘンリー殿下は慣れた手つきで手綱《たづな》を操る。

馬が走り出すと、頬に心地いい風が当たる。ああ、一人ならきっと気分良く乗馬出来たのかも……って、ヘンリー殿下を意識したらまた顔が赤くなりそうだから、景色に集中しよう。

しばらくすると、見覚えのある小高い丘が見えてきた。

ああ嬉しい。また皆に会える。

リリアちゃんの人形が入った袋をぎゅっと握り締めながら、皆の顔を頭に思い浮かべる。

そのまま馬は小高い丘を駆け上り、ネスメ女子修道院の門前で止まった。

「さぁ、着いたよ」

ヘンリー殿下は先に馬から降りると、さっと私に手を差し出してくれた。

「ありがとうございます」

私はヘンリー殿下の手を取って馬から降り、歩き出そうとした。その途端、グラッと身体が傾く。

まずい、イザベルは乗馬慣れしていないから身体が付いていけなかったんだ！

「おっと」

ヘンリー殿下は私を抱き留めると、ふっと微笑んだ。

ぐはぁ！　美顔が！　キラキラオーラが！　全てが眩《まぶ》しい!!

「しばらく馬に乗っていたから酔ってしまったかな。イザベル嬢、大丈夫か」

物語の王子様顔負けの、目を見張るような美形が私の顔を覗き込んでくる。

はわわわ、そんなに近いと恥ずかしくてまた顔が赤くなっちゃう！

「だ、大丈夫ですわ。お気遣いありがとうございます」

「そうか。では中へ入ろう」

いかんいかん、気持ちを切り替えねば。

扉を開けて近くの修道女に声を掛ける。しばらくすると、ヴァレリー院長が慌てた様子で奥から出てきた。

「まぁ、ヘンリー殿下！　また連絡もなしに来られるなんて」

「たびたびすまないな。今日はイザベル嬢がここに用があると聞いたので、送り届けただけなんだ」

ヴァレリー院長は私の顔を見るなり、パァッと明るい笑顔になる。

「まぁ、イザベル様！　再びお顔を拝見出来て嬉しいですわ。立ち話も何ですし、こちらへどうぞ」

「院長、私とイザベル嬢との扱いが違い過ぎやしないか」

「殿下、滅相もございません。私はただ、イザベル様との再会を喜んでいるだけでございますわ」

「ふ、どうだかな。ああ、私も中に入っても大丈夫だろうか」

「ええ、もちろんですわ。こちらへどうぞ」

ヴァレリー院長に促《うなが》され、孤児院の前まで移動する。

「皆、イザベル様がいなくなってから元気がないのです。ここではイザベル様の存在はとても大きいものでしたわ。今後も気軽にお立ち寄り下さいね」

「はい、是非！」

そんなことを言ってもらえるなんて嬉しいな。ああ、早く皆の顔が見たいわ。

逸《はや》る気持ちを抑えて扉を開けると、広間にいた子供達や修道女達がすぐに気付いた。

「あーー！　ベル‼」

「まぁ、イザベルさん」

「皆様、ご連絡もなしに突然訪問してしまい申し訳ございません」

「そんなの全然構いませんよ！　皆イザベルさんがいなくなってから元気がなくて、孤児院全体がどんより暗くなっていたのです。こうして顔を見せに来ていただけて本当に嬉しいですわ」

「ベル、遊ぼ」

子供達はベッタリと私の足に纏《まと》わり付き、修道女達は私達の周りを囲む。

「歓迎していただき、ありがとうございます。私も皆様に会えて本当に嬉しいですわ。でも、今日は届け物のために急遽《きゅうきょ》こちらへ出向いたものですから、あまり時間がなくて」

「届け物？」

「ええ。実はリリアちゃんの人形が私の服に紛れ込んでしまっていて、それを返しに来たんです」

私は手に持っていた袋を開き、中から人形を取り出す。

「まぁ、これは確かにリリアちゃんが持っていた人形だわ。ちょっと呼んできますね。リリアちゃーん！」

修道女がその場を一旦離れてリリアを呼びに行った瞬間、子供達がわっと押し寄せてきた。

「ベル、こっちこっち！」

「あれ、お兄ちゃんは誰？」

はっ！　皆に気を取られてすっかりヘンリー殿下の存在を忘れていたわ！

「ヘンリー殿下、申し訳ございません！」

「いや、私のことは気にせず、イザベル嬢の心ゆくまで過ごすと良いよ」

「ねぇねぇ、お兄ちゃんはベルの恋人？」

「ん？　イザベル嬢は私の恋人じゃなくて婚約者だよ」

「じゃあ、結婚するの？」

「そうだね、ゆくゆくはそうなるだろう」

ちょっと待った!!

確かにこのまま行くとそうなるんだろうけど、私はまだ断罪フラグを回避する可能性を捨てていない！

「結婚」のフレーズが刺さったのか、その子は大声で騒ぎ出す。

「ベル、この人と結婚するんだって！　みんなで結婚式ごっこしようよ」

「いいよ！　私、紙でゆびわ作ってくる！」

「み、みんな落ち着いて」

「お兄ちゃんもこっちだよ！」

私とヘンリー殿下はそのまま子供達に引っ張られて、結婚式ごっこに付き合わされることになってしまった。

あああどうしよう。ヘンリー殿下は笑っているけど、私はこのままなし崩し的に結婚する事態は避けたいのですが!?

遊びとはいえ何とも複雑な思いでいると、人形を持ったリリアちゃんが駆け寄ってくる。

「ママ、来てくれたんだね！」

リリアちゃんは私にギュッと抱き付くと、えへへとはにかむ。

はぁ、可愛い。この温もりと笑顔に癒される。

「私の服にお人形さんが紛れ込んでしまっていたの。ごめんね」

「リリアね、ママが帰ってくるようにこれを服に入れたの」

「え」

「だって、ママがいなくなったら寂しいもん」

「リリアちゃん……」

「今度はこれあげる。だから、またすぐ会いに来て」

リリアちゃんは自分の服のポケットに入れていたおもちゃを取り出すと、「はい」と私に手渡した。

私達のやりとりを横で見ていたヘンリー殿下が、感心した様子で話し掛けてくる。

「イザベル嬢は皆から慕われているんだな。そして、リリアちゃんと言ったかな。君はまだ幼いのに機転が利くな。充分な教育を受ければ、相手と交渉をする仕事に就けそうだ」

そうだよね、やはり教育は大事よね。

よし、今日の会が終わったら教育施設の具体案を考えなきゃ。

「リリア、ベルとお兄ちゃんを独り占めするのはダメだよ！　今はみんなで結婚式ごっこをしているの」

「じゃあ、リリアちゃんも遊びの仲間に入れてくれる？」

「うん、いいよ！　じゃあリリアはこっちね！」

リリアちゃんが遊びの輪に加わると、子供達は結婚式ごっこの続きを始めた。

「じゃあ、ベルとお兄ちゃんは誓いのキスをして！」

「キスってなぁに？」

「知らないの？　こうやるんだよ」

キスを知らない子に教えるためなのか、目の前の男の子が女の子のほっぺにキスをしてみせる。

ひゃー！　幼児なのにほっぺにチューの実演をするとは、今時の子供はマセているのね！

「じゃあ、ベルとお兄ちゃんもやって！」

「え」

ちょっと待て、いきなりキスとか絶対無理でしょ。

「分かった。イザベル嬢、こちらへ」

ヘンリー殿下は私の手を取り立ち上がると、右手で私の顎《あご》を持ち上げる。

ちょ!? ス、ストップ、ストップ！

「へ、へへヘンリー殿下」

「大丈夫、頬にするフリをするだけだよ」

フリをするだけって、すでにこの体勢から無理無理無理！

こんな美形が近くにいたら羞恥心《しゅうちしん》でまともに思考が働かないよ！

「で、でも……」

ヘンリー殿下はくすっと笑うと、そのまま頭を下げていく。

息と息が触れ合う距離まで顔が近付き、私は思わずギュッと目を瞑《つぶ》る。

その時、孤児院の扉がものすごい勢いで開いた。大きな音にびっくりした勢いで、私はヘンリー殿下を押し返す。

「ヘンリー！　お前何してる!?」

ありえない方向に扉は傾き、プラプラと頼りなく揺れている。

そして、扉を破壊して怒鳴り散らす、見覚えのある黒髪の美男子——

「アルフ義兄様《にいさま》!?」

息を切らして、ヘンリー殿下を射殺すような殺気を放ったアルフ義兄様《にいさま》は、ズンズンと私達のもとに歩み寄ると、ヘンリー殿下の胸倉を掴《つか》んだ。

「やあ、アルフ。親友に向かっていきなり何だい」

ヘンリー殿下は胸倉を掴《つか》まれたまま、おどけた様子で挨拶《あいさつ》をしている。

……って、アルフ義兄様《にいさま》ってヘンリー殿下の親友だったの⁉

「貴様、ベルに何をした」

般若《はんにゃ》のような顔でヘンリー殿下を睨み付けるアルフ義兄様《にいさま》の額《ひたい》には、血管が浮き出ている。

ここまで怒りを露《あら》わにしたアルフ義兄様《にいさま》を見るのは初めてだわ。

ちょっと、いや、かなり怖い。

「アルフ、私はイザベル嬢に何もしていないよ。ただ子供達と結婚式ごっこをしていただけさ。な？　みんな」

ヘンリー殿下は胸倉を掴《つか》まれたまま子供達にニッコリ笑って話し掛けるも、アルフ義兄様《にいさま》にすっかり怯《おび》えた子供達は部屋の隅っこに逃げて震えている。

「ア、アルフ義兄様《にいさま》、落ち着いて下さい。子供達が怖がっていますわ」

「ベル！　コイツに何もされていないか⁉」

アルフ義兄様《にいさま》は何かを確かめるかのように私の身体をあちこち確認している。

「あの、ヘンリー殿下の仰《おっしゃ》る通り、私達は子供達の遊びに付き合っていただけで本当に何もありませんわ。それに、今日はお父様と出掛けていたはずでは？」

「僕だけ先に帰ってきたんだ。ヘンリー、いきなりベルを連れ去ったそうじゃないか。一体どうい

うつもりだ」

「人聞きの悪いことを言わないでくれよ。イザベル嬢がネスメ女子修道院まで用があるって言うから、馬で連れて行ってあげただけだ」

「ベル、それは本当か⁉」

あっちゃ～、これはお義母様《かあさま》にもバレて叱られるパターンかも。

私は観念して事の経緯を話すことにした。

「はい。私がネスメ女子修道院に馬で行こうとしていたところに、ヘンリー殿下がいらっしゃいまして。そのまま馬に相乗りで連れて行ってもらいました」

「馬で⁉　ベルは乗馬なんてほとんどしたことないはずなのに、何故そんな無謀なことを……」

「え？　ほ、本に乗馬のコツが載っていたものですから、試してみたくなったのです」

我ながら苦しい言い訳だが「前世で乗馬経験があるから乗れると思った」とは口が裂けても言えない。

アルフ義兄様《にいさま》は、はぁと深いため息を吐く。

「ベル、頼むからそんな無茶なことをしないでくれ。落馬して怪我でもしたらどうする。もっと自分の身体を大事にしてほしい」

「アルフ義兄様《にいさま》、ごめんなさい」

しょんぼりしたまま上目遣いで見上げると、アルフ義兄様《にいさま》の顔が途端に真っ赤になる。彼はパッと目を逸らし、何かブツブツと呟《つぶや》いた。

「……その顔は反則……」

「アルフ義兄様《にいさま》？」

「い、いや、何でもない。反省しているならもういいよ。それより、あまり長居をすると義父上《ちちうえ》も母上も心配するから帰ろう」

「は、はい」

皆で騒がしくしたことを謝りつつ、また訪問をすることを約束し、今日のところは帰ることにした。

「ベル、絶対来てね！　約束だよ！」

「イザベルさん、また来て下さいね」

「はい、必ず来ます。それまでリリアちゃんのおもちゃは預かりますね」

「ママ、ちゃんと返しに来てね、約束！」

「もちろん。約束するわ」

ヘンリー殿下とアルフ義兄様《にいさま》の後に続き、私もネスメ女子修道院の門を出る。

帰り方でこれまたひと悶着あったのだが、結局私とアルフ義兄様《にいさま》が馬車、ヘンリー殿下は馬に乗ることになった。

屋敷に着くと、エントランスで待っていたお義母様《かあさま》が早足にこちらに向かって来た。

あちゃー、お義母様《かあさま》が戻って来ちゃってた。

「イザベル、一体どこに行ってたの!?」

「お、お義母様《かあさま》」

私があたふたしていると、隣にいたヘンリー殿下が一歩前に出る。

「アルノー公爵夫人、お会い出来て光栄です。実は予定が早まってしまい先にご訪問させていただきました。その際にアルノー卿から家に上がってもらうよう話があり、ご家族が戻るまでの間イザベル嬢と乗馬をしながら親交を深めておりました」

「まぁ、ヘンリー殿下！　これは大変失礼いたしました」

「ああ、堅苦しい挨拶《あいさつ》は不要です。こちらこそ、ご両親に挨拶《あいさつ》もないままイザベル嬢をお連れして失礼いたしました」

「いえ、滅相もございません」

「王宮への招待の件で手紙を出そうと思ったのですが、直接渡した方が早そうだったので……こちらを」

ヘンリー殿下はそう言うと家臣から手紙を受け取り、お義母様《かあさま》に手渡した。

お義母様《かあさま》も買ってきた手土産《てみやげ》を渡す。

「日時は一週間後を予定しています。都合が付かない場合はご連絡下さい。さて、私はこれから王宮に戻らねばならないので、今日のところはこれで。イザベル嬢、今日は楽しかった。一週間後を楽しみにしているよ」

ヘンリー殿下はそう言うと、私の手の甲に口付けをし、家臣と共に去って行った。

ああ、ようやく解放された……

「ところでイザベル、何故ヘンリー殿下と馬で出掛けていたの？　貴女は馬に乗れないはずでしょう」

「あ、え〜っと」

困ったな。

どう説明しようかと悩んでいる私を、お義母様《かあさま》はジト目で見る。

「その様子じゃ何か良からぬことでも企《たくら》んでいたのではないかしら？　使用人達に詳しい話を聞くことにしましょう」

その後、私は使用人達から報告を受けたお義母様《かあさま》にこっぴどく叱られ、夕飯時までお灸を据えられることになった。

☆　☆　☆

「いいですか？　今日は粗相のないように気を付けるのですよ」

「はい、お義母様《かあさま》」

ヘンリー殿下から招待状を受け取って一週間経過した今日、ついに私はお義母様《かあさま》と共に王宮へ足を踏み入れることになった。

はぁ、緊張して手汗がすごいわ。

王太子殿下は乙女ゲームのメイン攻略対象者であり、悪役令嬢の私を断罪するメンバーの一人だ。

そんな人の側になど本当は行きたくないのだが、婚約者に選ばれてしまったからには招待を断ることは出来ない。

通された応接間は高そうな調度品が品良く並び、重厚感のある内装と相まって王宮らしい高級感に溢れている。

「こちらへお掛けいただきお待ち下さい」

王宮の使用人に促《うなが》され、私とお義母様《かあさま》はソファに腰を下ろした。

わぁ、高そうなソファ。極上の座り心地だ。アルノー家の調度品も良い物を使っているけど、やはり王宮の物は格が違うわね。

って、和《なご》んでいる場合じゃなかった。

今日は、いかに私がヘンリー殿下の婚約者に相応《ふさわ》しくないかを披露しなければ。

あまり派手にやり過ぎて不敬罪で処罰されるのは御免だから、ここは無難に紅茶をひっくり返したりカトラリー落としたりして、マナーがなってない令嬢を演じるのが一番よね。

お義母様《かあさま》には悪いけど、私の将来がかかってるの。ごめんなさい！

しばらくするとコンコンッとドアを叩く音がして、ヘンリー殿下と王妃殿下が姿を現した。

王妃殿下はヘンリー殿下と同じく金髪碧眼で、年齢を感じさせない美貌の持ち主だ。

私とお義母様《かあさま》は立ち上がり、カーテシーで挨拶《あいさつ》をする。

「王妃殿下、王太子殿下、本日はお招きいただきましてありがとうございます」

「アルノー夫人、イザベル嬢、本日はご足労いただき感謝いたします」

ヘンリー殿下の挨拶《あいさつ》の後に、王妃殿下が続く。

「イザベル様は初めてお会いするわね。本日はどうぞよろしくお願いしますわ。初めての顔合わせが応接間では緊張するでしょうし、よろしければ庭園でお茶会でもしながら気楽にお話ししませんこと？　ちょうど綺麗に咲いた薔薇《ばら》がございますのよ」

「ありがとうございます。では、お言葉に甘えて」

私とお義母様《かあさま》は、王妃殿下とヘンリー殿下の後に続いて応接間を出る。

庭園に出ると、色とりどりの花々が咲き誇っていた。中でも大輪の薔薇《ばら》が印象的だ。

「まぁ、見事な薔薇《ばら》ですね」

綺麗な薔薇《ばら》の花に思わず足を止めると、ヘンリー殿下が側へやって来た。

「ここの薔薇《ばら》は庭師と母上が丹精込めて育てたものなんだ。今が一番の見頃らしい」

「そうなのですか。素晴らしい薔薇《ばら》でつい見入ってしまいましたわ」

「そう言ってもらえると母上も喜ぶだろうな。さ、母上達が待っているから行こうか」

ヘンリー殿下はそう言うと、さり気なく私の手を取る。うわわ、今緊張していて手汗がすごいから恥ずかしいっ！

前回といい今回といい、ヘンリー殿下って距離近いよね。

そういえばアルフ義兄様《にいさま》もやたら距離を詰めてくるけど、攻略対象者ってみんなそういう仕様なの⁉

火照《ほて》った顔を誤魔化すために少し俯《うつむ》いて歩いていると、やがて薔薇《ばら》に囲まれた開《ひら》けた場所に出た。

そこにはテーブルセットが置いてあり、すでにお茶会のセッティングがされている。

「さぁ、こちらになりますわ。今日はヘンリーとイザベル嬢が主役ですから、こちらへどうぞ。私とアルノー夫人は母親同士、こちらでお話しいたしましょう」

王妃殿下の提案により、私とヘンリー殿下はお義母様《かあさま》達と少し離れた席でお茶をすることになった。

ヘンリー殿下は席に着くと、さっそく私に話し掛けてきた。

「イザベル嬢、あの後は馬酔いで体調を崩したりはしなかったか？」

「ええ、大丈夫でしたわ」

乗馬よりその後のお説教の方が心身共に堪《こた》えたけどね。

「相乗りして思ったが、イザベル嬢は乗馬慣れしているね。アルフはイザベル嬢が馬に乗れないなんて言っていたが、あれはきっと私と相乗りさせないための嘘だろうな。イザベル嬢、ここ一週間でアルフに何かされなかったか？」

「アルフ義兄様《にいさま》からですか？　私はマナーレッスンで忙しくて、ここ一週間はあまり顔を合わせていませんが」

実は散々お説教をされた後、今日のためにと地獄のマナーレッスンを受けさせられたのよね。

「そう、それなら良かった」

ヘンリー殿下がアルフ義兄様《にいさま》の近況を聞きたがるのは、親友だからかしら。

「ヘンリー殿下、アルフ義兄様《にいさま》とは親友とのことですが、いつ頃からお付き合いがあるのですか？」

「初めて会った時から数えると……五年くらい前からかな」

「そうなのですね。ちなみにお二人は普段どんな風に親交を深めておられますの？」

「そうだな……政《まつりごと》についての会話が主《おも》だが、たまに剣術の模擬訓練の相手をすることもあるな。ああ、あと市井《しせい》にお忍びで遊びに行ったこともあるぞ」

市井《しせい》に男二人でお忍び外出か。

ヘンリー殿下とアルフ義兄様《にいさま》は思ったより仲が良いようね。

それならいっそのこと、ヒロインが登場する前に二人がくっつけばいいのに、なーんてね。

そんなことを思っていると、メイドが紅茶とお茶菓子を運んできた。

辺りにフワッと紅茶の芳《かぐわ》しい香りとお茶菓子の甘い香りが漂《ただよ》う。

「まぁ、いい香りですわ」

「ああ、これは母上が異国から取り寄せたお茶らしい。香りがいいので気に入っているそうだ」

「そうなのですね。とても美味《おい》しそうです」

「この間試してみたら味も良かったよ。是非飲んでみて」

「ありがとうございます」

はっ、いけない。このまま飲むところだった。

この紅茶をわざとこぼして、ヘンリー殿下にマナーがなっていない令嬢だと思わせなきゃ。

私は手が滑るフリをして、紅茶を自分のドレスの裾にかける。

「大丈夫か!?」

ヘンリー殿下は慌てた様子で立ち上がり、私の側へ駆け寄る。

って、うわーーっ！　お姫様抱っこ⁉

「痕が残ると大変だ。医者に診てもらおう」

「ええ⁉　そ、そんな大袈裟な」

お義母様《かあさま》達も私達の騒ぎに気付いたようだ。

「イザベル、一体どうしたのです」

「お騒がせしてごめんなさい。実はお茶をドレスにこぼしてしまいましたの。でも端にかかっただけだから大丈夫です」

お姫様抱っこのままとりあえず状況を説明した後、ヘンリー殿下に一旦下ろしてもらう。

説明を聞いた親達はほっとした様子だ。思ったより大事《おおごと》になってしまって何だか申し訳ないわね。

「イザベル様が大事に至らなくて安心しました。でも、そのままで過ごすわけにはいかないですし……ああ、そうですわ！　よろしければ私のドレスを差し上げます。実は、娘が産まれる可能性を捨てきれなくて取っておいたドレスが何着かありますの」

「え⁉　王妃殿下のドレスをいただくなんて、恐れ多くてそんな……」

「いいのよ。遠慮なさらないでこちらへいらっしゃい。アルノー夫人、イザベル様をお連れしてもよろしいかしら」

「もちろんですわ。お気遣い感謝いたします。イザベル、良かったわね」

お義母様《かあさま》、助け船を出すどころか窮地に追い込むなんて！

「では、お言葉に甘えて少々お時間を頂戴いたしますわ。その間は庭園内をお楽しみ下さいませ。さぁイザベル様、行きましょう」

ああ、困ったな。まさかこんな騒動に発展するなんて。

ドキドキしながら付いていくと、とある扉の前で王妃殿下が立ち止まった。どうやら衣装部屋のようで、扉の向こうには無数のドレスが並んでいる。

「私、実は娘が欲しかったのですが、授かったのはあの子だけで。だから、こうして娘にドレスを着せ替えるのが夢だったのです」

「そうだったのですか」

「あの子にはきょうだいがいないし、次期国王として厳しい教育を施《ほどこ》していますから、幼い頃から子供らしくない子で……。そんなあの子が自《みずか》ら選んだ婚約者がどんな方なのか、興味がありましたの。色々と噂は耳にしていましたが、お会いしてみて安心いたしましたわ。それに、あのヘンリーがあれほど感情的になるなんて……ふふ」

へぇ、ヘンリー殿下にはそんな過去があったのか。私が知っているヘンリー殿下は、結構よく笑っているけど、王宮にいる時は違うのかな？

そんなことを思っているうちに、王妃殿下は侍女に大量のドレスを持って来させている。

「さぁ、立ち話はこれくらいにして着替えましょう」

ええ？　これ何着あるの？　私の身体は一つしかないし、ドレスなんて何でもいいのに。

なのに、王妃殿下は私そっちのけでああでもない、こうでもないと、侍女達とやりとりを始めてしまった。

そこから着せ替え人形よろしく、ドレスを着ては脱ぎ、着ては脱ぎ、を繰り返し、もういい加減何でもいいから決めてくれ……とうんざりしてきた頃にようやく決まった。

「これが一番似合うわ！　イザベル様の髪色にも合うし、とっても素敵」

「あ、ありがとうございます……」

瞳の色と同じ瑠璃色《るりいろ》のドレスは、ボリュームが抑えられたAラインのデザインだ。銀糸で刺繍《ししゅう》が施《ほどこ》されており、まるで夜空の星のように煌《きら》めく装飾は、他のドレスにはない存在感がある。

「少し大人っぽいデザインかもしれませんが、イザベル様は美人でスタイルも良いのでお似合いだと思ったの。本当はもっと着てほしいドレスがあるのだけど、またの機会に取っておきますわ」

まだドレスがあるんかい。数もすごいけど、王妃殿下の着せ替えへの熱意もすごいな。

衣装チェンジが終わり庭園に戻ると、お義母様《かあさま》はヘンリー殿下とお茶を楽しんでいた。

「まぁ、素敵なドレス！」

「イザベル嬢、よく似合っているよ」

このドレスに決まるまで大変だったけど、二人とも絶賛してくれるので報われる。

「イザベル様は何を着てもお似合いだから、着せ替えが楽しくて遅くなってしまいましたわ」

「ふふ、そのお気持ちはよく分かりますわ」

「まだ着ていただきたいドレスがたくさんありますの。近々またお茶にお誘いしてもよろしいかしら？」

「ええ、もちろんですわ。イザベル、また王宮にお誘いいただけるなんて光栄なことですよ」

「は、はい。お義母様《かあさま》……」

「イザベル様、アルノー夫人、今日はありがとうございました。またいつでも王宮にいらして下さいね」

「お二人とも、また会いましょう」

王妃殿下とヘンリー殿下に挨拶《あいさつ》をして、私はお義母様《かあさま》と王宮を辞した。

はぁ、マナーがなっていない令嬢を演出するつもりが、こんなことになってしまうなんて。

作戦が失敗に終わりどっと疲れた私は、帰りの馬車で大きくため息を吐いたのだった。

第五章　異世界で保育園作りました！

「ベル、今日から施設の運営が始まるね」

アルフ義兄様《にいさま》とお茶をしている途中、私は自分が提案した保育園について報告を受けていた。

王宮へ招待されてからすでに三ヶ月――

私は着せ替え人形役として何度か王妃殿下に呼び出され、そのたびにうんざりするほどドレスを着替え、王妃殿下とヘンリー殿下にベタ褒めされるという謎の会合に参加していた。

更に、婚約者としての教育も受けることになり、それなりに多忙な日々が続いている。

その間に、断罪フラグを避けるべく何とか婚約を解消出来ないか試行錯誤してみたものの、ことごとく失敗に終わってしまった。今は、波風立てずに周囲の印象を良くしておくという作戦に切り替えている。

それとは別に、お妃教育の合間を縫ってアルフ義兄様《にいさま》と保育園設立に向けて議論を進めてきた。

アルフ義兄様《にいさま》が何かと理由を付けては私との距離を詰めてくるのには困ったが、私のふわっとした意見を上手く纏《まと》めて形にしてくれたおかげで、本日から運営が始まることになった。

ああ、早く視察に行きたいな。

そんなことを思っていると、アルフ義兄様《にいさま》がクスッと笑った。

「ベル、行きたいんだろう？　今日なら少し時間が取れるから、一緒に見に行こうよ」

「え、いいんですか!?」

ヤッター！　視察に行ける！

んん？　何だろ、外が騒がしいな。

「アルフ義兄様《にいさま》、なんだか外が騒がしくないですか」

私が外を確認しようと腰を上げた瞬間、扉をノックする音がして使用人から声が掛かる。

「お嬢様、ヘンリー殿下がお見えです」

え――!?　今!?

せっかく、保育園の視察に行けると思ったのに。

「僕も殿下と話がしたいので、ベルと一緒に行こう」

「左様でございますか。ヘンリー殿下は応接室にご案内しております」

アルフ義兄様《にいさま》がヘンリー殿下に用事？

少々気になったけど、ヘンリー殿下をお待たせすることは出来ないわ。

二人で応接室に向かうと、お父様とヘンリー殿下が談笑していた。

「失礼いたします」

「ああ、イザベル。……と、アルフレッド？　お前までどうした」

「ヘンリー殿下と親交を深めたくてベルと共に来ました」

「そうだったのか。ヘンリー殿下、息子が一緒でも構いませんか？」

「もちろん構いませんよ」

「ありがとうございます。では、私はこれで。イザベル、アルフレッド、ヘンリー殿下に失礼のないように」

「はい、お父様」

「はい、義父上《ちちうえ》」

お父様はそう言い残し、この場を後にする。

「やぁ、イザベル嬢。最近は王宮に来てもらうばかりだったから、たまにはこちらから出向こうと思ってね」

「そうだったのですか」

アルフ義兄様《にいさま》はどこかうんざりした様子で、座っているヘンリー殿下を見下ろす。

「ヘンリー、これからベルは僕と外出するところなんだ」

「ふうん、どこに行くんだ？」

「新しく出来た施設の視察だよ。どこかの誰かとは違って、ベルと僕は遊んでいる暇がないんでね」

「やれやれ、随分な言われようだな。じゃあ暇な私は二人の後を付いて行くことにしよう」

「ちっ。邪魔しやがって」

アルフ義兄様《にいさま》は渋々といった様子で使用人に馬車の用意を頼むと、「義父上《ちちうえ》に外出の許可を取ってくる」と言い残し席を立つ。

「ところで、新しい施設とは一体どんなものなんだい？」

「ええと、現在アルノー領で新たな試みをしている最中でして、それに関連した施設になります」

「ほう、なるほど。その新たな試みというのは？」

「この国では子供の教育に格差がありますが、その格差を是正し、どんな子でも等しく教育を受けられるように動いている最中なのです。一つ目は低所得層向けの学園設立、二つ目は養育者が働くことを前提とした幼子を預かる施設の設立ですわ」

私の説明を聞いたヘンリー殿下は、不思議そうに首を傾げる。

「何故そこまで教育に力を入れるんだ？」

「適切な教育を受けることで、より良い職を得るチャンスが増えます。今までであればまともな職に巡り合えなかっただろう子供達が定職に就き、安定した暮らしのもとで税を納めることが出来れば、税収も増えて国民の生活も潤《うるお》う。つまり、教育は先行投資のようなものだと考えております」

「そういうことか。……発案者はアルフかな？」

「いえ、私です」

「は？」

きょとんとした様子のヘンリー殿下。

私の説明が悪かったのかな、少し補足してもう一度言ってみよう。

「私がこの案を考えました。それをお父様にお話ししたところ、このような運びになりましたの」

「イザベル嬢が!?」

あれ、なんかマズいことでも言ったかな。

ヘンリー殿下の予想外の反応になんて返事をしようかと迷っていると、ちょうどいいタイミングでアルフ義兄様《にいさま》が戻ってきた。

「アルフ、今日行く予定の施設は発案者がイザベル嬢と聞いたのだが」

「ああ、そうだよ」

「そうか、本当にイザベル嬢が……」

ヘンリー殿下の瞳は面白い玩具を見つけた子供のように、どこかキラキラと輝いている。

何故面白そうにしているのかはよく分からなかったが、時間が押していたこともあり、ひとまず三人で馬車に乗ることにした。

☆　☆　☆

馬車のガタガタと揺れる音が響く。

いや、正確にはその音しか聞こえてこない、と言った方が良いだろうか。

ああ、気まずい。

私の隣には不機嫌オーラがだだ漏れのアルフ義兄様《にいさま》、向かいには何か考え込んでいる様子のヘンリー殿下が座っている。

どうしよう、なんか話した方がいいのかしら。でも、何も話題が思い浮かばないわ。

どうしたものかとしばらく考えていると、ようやくヘンリー殿下が話を切り出してくれた。

「アルフ、そろそろ学園に入学する時期だろう。そうしたら施設の運営はどうするんだ？」

「僕は義父上《ちちうえ》から領地経営を学ぶ関係で、学園と家を行き来するばかりの生活になると思う。だから不在時は執事とベルに任せるつもりだよ」

「イザベル嬢に？」

「え、ええ。経営についてはアルフ義兄様《にいさま》と執事に教えてもらいながら覚える予定です。同時に現地視察も行い、運営についての意見を積極的に出していくことになっていますわ」

「へぇ、経営に視察とは……まるでイザベル嬢をアルノー家の人材として育て上げているように見えるね。なぁ、アルフ？」

「さぁ、どうだろうな。これは義父上《ちちうえ》の考えだし、僕には分からないよ」

「ふん、食えない奴だな」

ひぇ～！　なんだか、アルフ義兄様《にいさま》とヘンリー殿下の間で火花が散っているように見えるんですが!?

断罪フラグを回避するためにも、二人には仲良くしてもらいたいところ。

もし二人がカップルになってくれたら私が断罪される可能性が減りそうだし、それが難しいのであれば、三人仲良く良好な関係を築くことでストーリーを変えることが出来るかもしれない。

あっ、そうだ。

今後、保育園の視察はアルフ義兄様《にいさま》とヘンリー殿下も誘って、皆で行けば良いんじゃない？

そこで私だけ保育園のお手伝いをして、二人になる機会を増やせば少しは関係が良くなるかもしれない。

「ところでアルフ義兄様《にいさま》。今後の視察なのですが、予定が合えばまた三人で行きたいですわ」

「ヘンリーも？　わざわざ三人で行く必要なんてないだろう」

「三人で行った方がより多くの意見が出ますし、アルフ義兄様《にいさま》とヘンリー殿下は親友ですから、外で親交を深めるのも良いことだと思うのです」

「私としてはアルフと三人で行くより、イザベル嬢と二人だけで行きたいのだが、貴女がそうしたいなら喜んで受け入れるよ」

「ヘンリー、お前という奴は……。分かった。ベル、三人で行こう」

良かった、これでなんとか二人の接点が持てそうね。

そうこうしているうちに馬車は目的地に着き、私達は門の前に降り立った。

「わぁ、かわいい！」

本日は運営初日なこともあり、門にはかわいい飾り付けがされている。

私達が来たことを知ったのだろう、中から園長先生が出てきた。

「まぁ、アルフレッド様にイザベル様。それに……ヘンリー殿下!?　これは大変失礼いたしました」

「突然の訪問ですまない。この二人の連れとして来ているだけだから、気遣いは不要だ」

「は、はい」

「園長先生、受け入れの状況はどうなっていますか？」

「イザベル様。先程全児童の受け入れが終わりまして、今はクラスに分かれて担当の先生方が子供達のお世話をしているところです」

なるほど、すでに保育が始まっているのね。一体どんな子達が来ているのかしら。

園長先生と共に園内に入り、クラスの扉からこっそり中を覗く。そこでは子供達がおもちゃで遊んだり、先生に抱っこされていたりと各々《おのおの》の時間を過ごしていた。

うーん、まだ初日だから子供達も緊張しているのかな。家族と離れて過ごすことに慣れていない子はどこか不安げな表情をしている。

保育園が楽しい場所だと思ってもらえるような遊びはないかしら。

あ、何かイベントを開催するのはいいかも！

前世の保育園ではリトミックや英語教室のカリキュラムが組まれていたし、それに近い催《もよお》し物を計画しても良いわね。

そんなことを考えていると、一人の園児が私に気付いたようでガラリと扉を開けた。

「おねーちゃん、何してるの？」

「保育園の見学をしているのよ」

「けんがく？　遊びに来たの？」

「ん～。ちょっと違うけど、みんなのことを見に来たのよ」

「そうなの？　じゃあこっちに来た方がよく見えるよ！」

「わわっ！」

園児に引っ張られて中に入ると、他の子達がワラワラ寄ってきた。

「お洋服がヒラヒラしてる！」

「頭に付いてるの、キラキラしてる！」

あぁ、この子達は装飾品に触れる機会があまりないのか。

私は興味ないし、どちらかというと邪魔なのよね。ちょうどいい機会だから、子供達のおもちゃにしてもらおうかな？

「良かったら触ってみる？」

身に付けていた髪飾りを外して子供達に渡してあげる。

「まぁ、イザベル様！　そんな高価な髪飾りを子供達に渡して、壊れでもしたら大変ですわ！」

園長先生は慌てて子供達から髪飾りを取り上げようとしたが、私はそれを止めた。

「いいのです。私は装飾品に興味がありませんし、壊れても構いません。小さいうちから本物に触れる機会を与えることは大切ですし、たとえ壊れたとしても物を大切に扱うことを覚えるきっかけになると思いますわ。さ、みんな、仲良く遊んでね」

「イザベル様……」

園長先生とのやりとりを心配そうに見ていたアルフ義兄様《にいさま》が口を挟む。

「ベル、いいのかい？　君は装飾品が好きだったはずじゃ――」

「ええと、趣味が変わりましたの。装飾品なんて家にたくさんありますし、私一人にそんなに要りませんわ」

あ、そうだ。使わない装飾品を売って、そのお金で子供達に何か買ってあげてもいいわね。

色々と考えを巡らせていると、園児が私の服の裾を掴《つか》んできた。

「おねえちゃん、遊ぼ？」

小さい手に、上目遣いのおねだり。

か、可愛過ぎか！

この可愛い生き物をスンスンしたい！　なでなでして愛でたい！

はっ、いけない。ヘンリー殿下もアルフ義兄様《にいさま》もいるんだし、冷静にならねば。

私はしばらく園児達と人形ごっこをして遊んだ後、再び園内見学に戻ることにした。

園長先生は歩きながら私に話し掛ける。

「イザベル様は子供がお好きなんですね。遊ぶ様子を拝見いたしましたが、どの子にも愛情を持って接しているように見受けられました」

「そうですね、可愛いと思いますわ」

「上品であることを心掛けていらっしゃるご令嬢の方々は、こういった遊びに抵抗がある方が多いと思っていました。ですが、そういった方だけではないのですね」

まぁ、普通はそうよね。恐らく私が特殊なだけだと思う。

なんと答えたらいいのか分からず、ははっと愛想笑いで返すと、ヘンリー殿下も園長先生の話に乗ってきた。

「そうだな。普通の令嬢は子供に装飾品を渡したり、一緒に遊んだりしないだろう。そうだ、その髪飾りは先程装飾の一部が取れてしまっただろう？　私が新しい物をプレゼントしよう」

実は、園児達のおもちゃ代わりに渡したこの髪飾りは、遊んでいる最中に装飾が一部取れてしまったのだ。

私としてはそのまま園に寄贈するつもりだったので構わないのだけど、園長先生に「そんな高価な物をいただくわけには参りません！」と頑なに拒まれ、髪に付け直した。

「そんな、恐れ多いですわ」

「私がイザベル嬢にプレゼントしたいんだ。そうだな、今度王宮に招待する際に宝石商と彫金師を呼んで作ってもらおう」

「ええっ？　私には分不相応ですわ」

「私達は婚約者なんだし、遠慮は要らない。それに……この綺麗な髪を私好みに飾りたい」

ヘンリー殿下はそう言うと、私の髪を一房取り、ちゅっと軽く口付ける。

はわわわ！　髪にキスされた⁉

「ヘンリー、ベルとはまだ婚約しているだけだろう。結婚していない間柄での過度な接触は、家族として見過ごせないな」

「ほう。アルフのその発言は、本当に家族としての意見なのかな？」

んん？　ヘンリー殿下の発言の意図がよく分からないけれど、アルフ義兄様《にいさま》がそこまで私のことを家族として大事に思ってくれているなんて、ちょっと意外だわ。

きょとんとする私にヘンリー殿下はにこりと微笑むと、さり気なく私の腰に手を回しエスコートする。

ううう、やっぱり距離が近いと緊張しちゃう。

園長先生は園内の様子を教えてくれるけど、ヘンリー殿下が気になって話が全然頭に入らないぃ。

それに、ヘンリー殿下とアルフ義兄様《にいさま》は仲良くするどころか、なんだか険悪な雰囲気だし。

なかなか上手くいかないなぁ、と思わずため息を吐くと、隣にいたヘンリー殿下が心配そうな顔で私を見る。

「イザベル嬢、疲れたか？」

「ベル、疲れていたのかい？　ごめん、気付かなかったよ」

「わ、私は大丈夫です」

まずい、ため息のせいで二人に勘違いさせちゃったみたい。

「ベル、君はアルノー家の令嬢としての教育もある。無理をして翌日のレッスンに差し障《さわ》りが出てはいけない。今日はこのくらいにしておこう」

う、アルフ義兄様《にいさま》にそう言われてしまうと返す言葉がない。

こうして、アルフ義兄様《にいさま》の指示のもと視察を終えた私達は、門前に待機させていた馬車に乗り込んだのだった。

☆　☆　☆

保育園の視察から半月が経った。

ベッドの中でググーッと伸びをしながら時計に目をやると、まだ明け方だ。

今日は珍しく何も予定がないのに、こんなに早く起きてしまうとは。

せっかくの休日だしもう少し寝ようかな、と思い体勢を変えるも、一度目が覚めてしまうとなかなか寝付けない。

んー仕方ない、起きるか。

私はベッドから下りてペタペタと部屋を歩く。

ちょっと散歩でもしたいけど、勝手に出るとまたアニーを心配させてしまうしなぁ。

そうだ、アニーが来るまでヨガでもやって身体を温めよう。明け方の澄んだ空気の中でやるヨガって結構好きなのよね。

前世でも、子供達が産まれる前は、朝の公園や早朝のヨガイベントなんかで身体を整えていたっけ。

そんなことを思い出しながら、静かな空間の中で気持ち良く身体を伸ばしていると、コンコンッと小さく扉を叩く音が聞こえた。

「はーい」

「お嬢様、おはようございます。あら、夜着がだいぶ乱れていますが」

「ああ、今ヨガをやっていたの」

「ヨガ?」

あ、やば。こっちの世界にはヨガって言葉がなかったんだった。

「ええと、ヨーッとガーッと身体を伸ばしていたの」

「は、はぁ。ヨーッとガーッと、ですか？　お嬢様はユーモアのある表現をされますね」

「そ、そうかしら。おほほほ」

良かった、なんとか誤魔化せたっぽい。

「あ、そういえば本日のご予定は空いていらっしゃるようですが、もしよろしければスペシャルマッサージでもいかがでしょうか？　私共が魂を込めて丹念にお手入れいたしますわ」

げっ、せっかくのお休みなのに一日エステ地獄とか勘弁して!?

「えーっと、今日は何か予定があったかも？」

下手な断り方だとアニー泣くしなぁ。どうしよう……あ！　そうだ、いいこと思いついた！

「か、買い物！　市井《しせい》に買い物に行きたくて」

「買い物ですか？」

「そうなの。保育園の子供達へのプレゼントを買ってこようと思って」

「ですが、先日もおもちゃや子供用衣類を購入されていらっしゃいましたよね」

「ま、まぁ、そうなんだけど」

アニーはしばらく黙り込んだが、何かを思いついたようでおもむろに口を開いた。

「お嬢様、子供達に必要な物を揃えるのは大切なことと思いますが、たまにはご自身の物を購入されてはいかがでしょう？」

「自分用？」

「お嬢様はいつも周囲を気遣って下さいますが、ご自身のために投資されてもよろしいかと」

むむ、それは全く頭になかった発想だわ。

「香油やハーブティーなんてどうでしょうか？　お気に入りの香りに包まれながらゆったり過ごすと、身も心もリラックス出来ますわ」

「うーん」

「最近リラックス用の香油というものが流行《はや》っているようで、身体や衣類に付けるのではなく、専用の器《うつわ》に入れて数滴の香油を垂らした水を温めて使う物があるそうですわ」

あ、それもしかしてアロマのことかな？　前世ではヨガの時に焚いたりしていたっけ。

「へぇ、そんなものがあるの。アニーは詳しいのね」

「美容に関して最先端の情報を仕入れるのも、私共の仕事だと思っております。もしご興味がございましたらお店までご案内いたしますが」

んー、そうだなぁ。そんなに香りが強くないものなら買ってもいいかも。お外にも出たかったし、そのまま町の中を散策するのも良さそうね。

「じゃあお願いしてもいいかしら」

「はい、畏《かしこ》まりました。では身支度を整えますので、鏡台までお願いいたします」

鏡台に案内されると、アニーはいつも通りテキパキとした動きで私の身支度を手伝ってくれる。

用意してもらった馬車に乗り込み、しばらくすると外が賑やかになってきた。

「お嬢様、ここからは徒歩での移動になります」

御者に扉を開けてもらい、馬車から一歩外に出ると、そこには様々なお店に人々が行き交う光景が広がっていた。わぁ、色んなお店があって目移りしちゃう。

「お嬢様、こちらの角を曲がったところにお店がございます」

「アニー、道案内ありがとう」

アニーはニッコリ笑い、キビキビとした様子で私を案内してくれる。

様々なお店を横目で眺めつつしばらく歩くと、可愛い外観のこぢんまりとした建物が見えてきた。

「お嬢様、ここですわ」

「まぁ、可愛らしいお店ね」

ショーディスプレイには、様々な色のボトルや化粧品がお洒落《しゃれ》に陳列されている。

さっそくアニーと共に店内に入った瞬間、ふわっといい香りが鼻腔を擽《くすぐ》った。

あ、この香り好きかも。

あまり主張し過ぎず、ほのかに香るハーブの優しい香りに癒されていると、奥から店主らしき女性が出てきた。

「いらっしゃいませ。ああ、アニー様でいらっしゃいますね」

あら？　アニーは来たことがあるのかしら。

「実はお嬢様のマッサージ用の香油を調達する際、こちらのお店をよく利用しておりまして。お店は小さいですが、品物の質も品揃えも良いのです」

「まぁ、そうだったのね」

「お品物はこちらの棚にございます」

店主が手で指し示した方を見ると、小さなボトル達と、前世で見たアロマキットのようなものが並んでいる。

「前列に陳列してある物はお試し用になりますので、お好きなボトルの香りをお楽しみ下さい」

「ありがとう」

試しに手元のボトルを取って蓋《ふた》を開けてみる。んー、悪くないけど、あまり好みではないかな。他のボトルも開けてみるけれど……うーん、こっちもいい香りだけど決定打に欠けるわね。

そんな感じでいくつか香りを比べていると、アニーがひとつの瓶を差し出してきた。

「お嬢様が好みそうな香りを選んでみたのですが、いかがでしょう？　マッサージ用の物に近い香りで、主張が弱めですよ」

試しに嗅《か》いでみると……ああ、店内の香りと一緒だ。この香りは好きかも。

「素敵な香りだわ。それにしても、よく私の好みが分かったわね」

「お嬢様専属の侍女ですから、お嬢様のお好きな物については当然頭に叩き込んでおりますわ」

アニーは誇らしげにそう言い切る。

「そ、そう。じゃあ、これをお願いしようかしら」

「畏《かしこ》まりました」

丁寧に包装された商品を受け取り、店主にお礼を言って店内を出る。

外は日差しが強くなっていて、かなり眩《まぶ》しい。

「少し暑くなって参りましたから、カフェでお休みいただいた方がいいかもしれません。近くに貴族御用達《ごようたし》のお店がございますが」

「そうね、少し休憩しましょうか」

ドレスって結構暑いのよね。

アニーと共にしばらく歩くと、大きな建物が見えてきた。

「こちらのお店です」

おお、カフェだからと軽い気持ちでいたけど、立派な門構えのお店ね。

近くにいたドアマンに扉を開けてもらい中に入ると、これまた外観に負けない豪華な内装だった。

なんだか、前世で行った銀座にある某有名パティシエのお店みたいだわ。

周囲を見回しながら店員に席まで案内してもらう途中で、ふと金髪の少年が視界に入った。

ぱっと見は平民のような地味な格好をしているけど、隠しきれないキラキラ美男子オーラは明らかに上流階級の人間だろう。それにこの感じ、なんか見覚えあるんだよなぁ。

するとその男性が急に立ち上がり、こちらへ歩み寄ってきた。

「やぁ、イザベル嬢。こんなところで会うなんて奇遇だな」

ヘンリー殿下!? 服装がいつもと違うから一瞬迷ったけど、何でこんなところに!?

「ご、ごきげんよう、ヘンリー殿下」

「今日は市井《しせい》に買い物かい？」

「ええ、そうなんですの」

「そうか。立ち話も何だし、もし良ければこちらの席でゆっくり話をしないか？」

えぇぇ、ヘンリー殿下と一緒だと緊張するんだけど……でも王族相手に下手に断れないしなぁ。

「は、はぁ」

渋々ヘンリー殿下と一緒の席に着くと、アニーは私の後ろに控える。

彼はどこか嬉しそうな表情をしている。

「たまたま王宮を抜け出して息抜きに来ていたのだが、まさかこんな偶然があるとは。イザベル嬢と私は、見えない何かで繋《つな》がっているのかもしれないな」

「そ、そうでしょうか。おほほほ」

見えない何かはきっと赤い糸なんかではなくゲーム補正なんだろうな、と思わず苦笑をしていると、ヘンリー殿下がメニュー表を渡してくれた。

わぁ、いっぱいメニューがある。どれも美味《おい》しそうに見えてきて目移りしちゃうなぁ。

なかなか決められずにいると、ヘンリー殿下が話し掛けてきた。

「イザベル嬢は甘い物が好きなのか？」

「はい、大好きです」

「そうか。では甘めとさっぱりめ、どちらが好みだろうか」

「ええと、甘い方が好みですわ」

「では、これなんかはどうだろう？　あとはこれもオススメだ」

おや？　やけにメニューに詳しいな。

「教えていただきありがとうございます。ヘンリー殿下はこちらのお店に詳しいのですね」

「ああ、実は私も甘い物が好きでね。たまに時間を見つけて来ているんだ」

「まぁ、そうだったのですね！」

なにぃ!?　ヘンリー殿下はスイーツ男子だったのか！

キラキラ王子顔にスイーツとか、王道の組み合わせね。前世なら萌えまくりの設定だわ。

「では、こちらにしますわ」

「お、奇遇だな。私もこのメニューがいち押しなんだ」

ヘンリー殿下は店員を呼び、テキパキと注文してくれる。

なんだかカフェデートみたいなシチュエーションで、ちょっとドキドキしちゃう。

「そういえば、今日は何を買ったんだい？」

「香油を購入しましたの」

「へぇ、香油が好きなのか」

「そうですね。あまりきつい香りは好みではありませんが、優しい香りのものは好きですわ」

「なるほど、覚えておこう。他に好きな物は？」

「ええと……」

いきなり聞かれると困るなあ。

元々物欲があまりないから、好きな物って言われてもすぐに出てこない。しかもこの世界にある物で、だよね。

真剣に考えていると、ヘンリー殿下がふっとほほ笑む。

「すまない、困らせるつもりはなかったんだ。貴女のことがもっと知りたくて」

「え？」

ヘンリー殿下の碧眼と視線が絡む。

「私と貴女は将来を約束した仲だろう？　しかし、それは貴女の気持ちも聞かず、半ば強引に決めてしまったものだ」

まぁ、貴族同士の結婚なんて政治的意図が絡むものがほとんどだから、ある意味それが普通なんだと思うけど。

「貴女の意思に関係なく決まったことだからこそ、貴女のことを一番に尊重したいと思っている」

「そんな、恐れ多いですわ」

「ああ、そんなに萎縮しないでほしい。二人だけの時はなるべく対等な立場でいたいんだ」

ゲームのヘンリー殿下ってもう少し強引なところがあった気がしたけど、実際はそうじゃないのね。しっかり私の話を聞いてくれるし、気遣いもしてくれる。

「対等な関係を築くには、まずお互いのことをよく知る必要があると思っている。だから、もし嫌でなければ、貴女の話をたくさん聞かせてほしい」

前世でもこんなに異性に大切にしてもらった記憶がない私には刺激が強すぎる。

乙女ゲームなら胸キュンスチルであろう展開に、思わず顔が熱くなるのを感じる。

「ああ、注文した物が来たようだ」

良かった、これ以上甘い空気に晒《さら》されていたら溶けちゃいそうだったもの。

目の前に置かれたスイーツは宝石みたいに綺麗で、フォークを入れるのがもったいないくらいだ。

しばらく眺めていたいところだけど食べないままでいるのも変なので、えいっとフォークを入れる。そのままパクッと口に含めば、上品な甘さが口いっぱいに広がった。

「んーっ、美味《おい》しい！」

「ふふ、好きな物を食べている時のイザベル嬢は可愛らしいな」

「へ、ヘンリー殿下、ご冗談を」

「冗談ではない、本当だよ」

ヘンリー殿下はおもむろに手を伸ばすと指でそっと私の口元を拭《ぬぐ》い、その指先をぺろりと舐めた。

ひゃぁぁぁ⁉

ん、んななな、今何が起きた⁉

「すまない、口元にクリームが付いていたから。……ん、美味《うま》い」

なにこの甘すぎるシチュエーション！　胸キュンの嵐で心臓が止まりそう‼

「も、もう、ヘンリー殿下ったら」

「はは、戸惑った表情も可愛いな。ああ、そうだ。イザベル嬢は二番街のケーキ店に行ったことはあるか？」

「いいえ、ないですわ」

「あそこのケーキも美味《うま》いから、もし時間があるなら行ってみるといい。ちなみにイザベル嬢はどんな物が好みなんだ」

「そうですね……ケーキも好きですが、クッキーも好きですわ」

「クッキーか。それなら隣町の店が有名だな」

そういえば、この前アニーがお茶菓子として出してくれたクッキーがそこのお店のものだと言っていたっけ。バターの風味が良く、食感もサクサクで紅茶によく合っていた。

「この前、侍女がそのお店のクッキーを買ってきてくれたのですが、甘さもちょうど良くて美味《おい》しかったですわ」

「そうだったのか。実は私はまだ食べたことがなくて、今度行こうと思っていたんだ」

「まぁ、それでしたら、アーモンド入りのクッキーがオススメですわ。侍女が購入した物の中で一番美味《おい》しいと思ったのが、そのクッキーでしたの。確か、新作だと話していました」

「へぇ、食べてみたくなるな。アーモンドと言えば、最近のケーキやクッキーでよく使われている気がするな」

「ええ、そのようですね。この前食べたケーキにも入っていましたが、独特の香ばしさと食感がアクセントになってより美味《おい》しく感じますわ」

「どこの店の物を食べたんだい？」

ふふ、スイーツ談義をしていると、女子会のノリみたいで何だかワクワクする。

攻略対象者であることは念頭にあるものの、彼と過ごす時間は楽しい。

それに、ゲーム画面と違って私達はこの世界で実際に生活を営《いとな》んでいる。全てがシナリオ通りに進むわけではなさそうだし、今は久々のスイーツ談義を楽しみたい。

まるで前世にでも戻ったような感覚が懐かしくて、私は時間になるまでヘンリー殿下とのおしゃべりに花を咲かせた。

☆　☆　☆

ヘンリー殿下とカフェで偶然会ってから数日が経った。

んーー!!　今日もマナーレッスンやらお勉強やら、よく頑張ったわ。

自分を褒めながらぐぐーっと伸びをすると、花瓶の側に何かが落ちているのに気が付いた。あれは何だろう。

「アニー、何か落ちているみたいだけど、あれは何かしら？」

「これは……ブレスレットのようですね。もしかしたらここを清掃したメイドが落としたのかもしれませんね」

アニーが拾ったそれを見せてもらうけれど、うーん、名前が書いてないから誰が落としたのか分からないなぁ。

頭を捻っていると、誰かが小さく扉を叩いた。アニーが代わりに扉を開けると、そこには一人のメイドが立っていた。

「申し訳ありません、落とし物をしたようで……」

「あ、もしかしてこれかしら？」

「ああ、そうです！」

余程大切なものだったのか、ブレスレットを見たメイドは感極まって涙目になっている。

「はい、どうぞ」

返してあげると、メイドは「実は先日のお祭りで恋人に買ってもらった大切なブレスレットだったのです。拾っていただいて本当にありがとうございます」と事情を説明してくれた。

「まぁ、それは大事な物ね。次回からは落とさないように気を付けてね」

メイドは深々とお辞儀をしながら部屋から出て行く。

「無事に持ち主が見つかって良かったわ」

「ええ、そうですね」

そういえばさっきのメイドはお祭りに行ったと言っていたわね。

この前の視察は最後まで出来なかったし、保育園が出来てからまだイベントごとをしていない。

そうだ、園内でお祭りをやってみるのはどうかしら。参加者は園児と保護者のみに限定すれば、そこまで規模も大きくならないだろうし。

「――様……お嬢様？」

「ん？　どうしたの？」

「何か考え事ですか」

「ええ、ちょっとしたアイディアが浮かんだの。ふふ」

「……？」

アニーは何のことか分からない様子だったが、空気を読んで部屋から出て行った。

しばらくデスクであーでもない、こーでもない、と考えを書き出していると、コンコンッと小さく扉を叩く音が聞こえた。

あ、もう夕食の時間かしら。

扉を開けると、そこにはアルフ義兄様《にいさま》が立っていた。

「やぁ、ベル」

「アルフ義兄様《にいさま》、どうされました？」

「夕食の時間になるから呼びに来たんだ。良かったら一緒に行かないか？」

「え、ええ」

私がネスメ女子修道院から戻って来てから、アルフ義兄様《にいさま》は小さな用事でも私の部屋を訪れる。

夕食の知らせならアニーにお願いすればいいのに。

「ベル、その紙は？」

あ、急いで扉を開けたからメモしていた紙をデスクに置き忘れていたわ。

「これは――」

「イベント？　もしかして保育園で催《もよお》し物でも開く予定？」

あら、中身が丸見えだった。

アルフ義兄様《にいさま》は興味深そうな表情でメモを見ている。

「へぇ、なかなか面白そうな案だね。でもお祭りをやるなら一人では出来ないよね。人手はどうするか決まっているのかい？」

「えっと、実はまだそこまで深くは考えていなくて」

「それなら、僕も一緒に手伝うよ」

えー、ただでさえ保育園の運営で接点多いのに、これ以上一緒に行動したら断罪フラグが立ちそうで怖い。アルフ義兄様《にいさま》が嫌いなわけじゃないけど、攻略対象者だからゲーム補正が働いたりすると困るし。

とはいえ、この状況で断るのも感じ悪いよね。

「義父上《ちちうえ》にも話しておくよ。さ、まずは夕食を食べに行こう」

はぁ、なんだかどんどん接点が増えていく……

私は重い足取りでアルフ義兄様《にいさま》と食堂へ向かった。

☆　☆　☆

企画を思いついてから一週間後、今日は園内のお祭り開催日だ。

企画者の私と調整役のアルフ義兄様《にいさま》は準備のため、保育園に向かっている。

この園が出来て初めてのイベントなこともあり、かなりのプレッシャーを感じていた。

あー、ちょっと緊張してきたわ。

「ベル、そんなに緊張しなくても大丈夫だよ。きっと成功するし、僕が全力でサポートするから」

「アルフ義兄様《にいさま》、ありがとうございます」

ああ、優しい言葉が心に沁みる。

現地に着くと手伝いの方と合流し、アルフ義兄様《にいさま》と急ピッチで準備を進める。

イメージが前世の保育園で開いていた縁日だったので、会場の装飾もどこか日本風になってしまったのだが、なかなかいい感じに纏《まと》まっている。

それと、お祭りにはやっぱり屋台や露店は欠かせない。

露店風に装飾した各ブースに、用意した食事や物品を配置し終えると、開始時間が迫っていることに気付く。

よし、ギリギリなんとか間に合った！　後は園児達と保護者達を受け入れるだけね。

気合を入れていると、準備を手伝ってくれた園長先生が話し掛けてきた。

「イザベル様、こちらの準備は全て整いましたわ。これから開場しますが、その前に挨拶《あいさつ》をされてはいかがでしょうか？　今回の企画者はイザベル様ですし」

「ええっ、私ですか？」

「そうだよ、ベル。君は今回の立案者であり、保育園の設立者だ。せっかく親達も来ているのだから、挨拶《あいさつ》をした方が良いんじゃないかな？」

困ったなぁ、あまり表に出るのは得意ではないのだけど。

でも、二人の言う通り言い出しっぺは私だし、簡単な挨拶《あいさつ》くらいはしておこう。

「分かりました。では、皆様にご挨拶《あいさつ》して参りますわ」

受付を済ませた広場では、園児達と保護者で賑わっていた。私はお祭り会場の扉の前に立ち、深呼吸をしてから話し出す。

「皆様、大変お待たせしております。当保育園の設立と、今回のイベントを企画いたしましたイザベル・フォン・アルノーと申します」

軽く一礼をして顔を上げると、視線が私に集中しているのが分かる。

うう、やっぱりちょっと緊張するな。

「親の皆様には保育園の様子を知っていただく場として、園児の皆様には楽しい思い出を作っていただく場として、今回の企画を思い立った次第でございます。至らぬ点も多々あるかと思いますが、どうぞお楽しみ下さいませ」

私が目で合図を送ると、近くにいた職員が会場の扉を開ける。その直後、子供達の嬉しそうな声が響き渡った。各々《おのおの》興味のあるブースに駆けていき、ゲームや買い物に夢中になっている。

よしよし、今のところみんな楽しんでくれているみたい。

「あ、ベル！　探したよ」

「アルフ義兄様《にいさま》」

「今のところ会場も落ち着いているし、後は僕が見るから子供達と一緒にお祭りを楽しんできなよ」

「いいのですか？」

「うん、ベルの楽しそうな顔を見ていると僕も嬉しいし、現場の取り纏《まと》めは家の手伝いで慣れているから。さ、行っておいで」

アルフ義兄様《にいさま》は笑顔で私を送り出す。

こういうやりとりをしていると、やっぱりアルフ義兄様《にいさま》はイザベルにとって良きお兄ちゃんだなと感じる。

「イザベルさんもやりませんか？」

輪投げブースにいた職員が声を掛けてくれる。

そうね、せっかくだし私も少し遊んでいこうかな。

手渡された輪投げをえいっと勢い良く投げるも、上手く入らない。

「おねーちゃん、へたくそー」

「あははは、残念」

私の隣にいた女の子は輪投げが上手いようで、小さい手にはたくさんの景品を載せている。

年齢的には三歳くらいだろうか。みつあみにしたオレンジ色の髪には鮮やかな赤いリボンが付いている。

女の子は景品をスカートのポケットにしまうと、中から飴をひとつ手に取り私に差し出した。

「あたしのあめ、あげる！」

「まぁ、いいの？」

「うん！　いっぱいあるからいいよ」

「ありがとう、嬉しい」

私がお礼を言うと、女の子は満面の笑みを返してくれる。

「あたし、これからお姉さんになるんだもん！　だから、独り占めしないで分けっこが出来るの」

あら、もしかしてお母さんに赤ちゃんが出来たのかしら。

「そうなの？　すごいわね！」

私の誉め言葉に、女の子はえへんとドヤ顔になる。

か、可愛過ぎる。なんだこの尊《とうと》いやりとりは。

思わず頬が緩《ゆる》むと、母親と思《おぼ》しき妊婦が慌てた様子でこちらにやって来るのが見えた。

「すみません！　ちょっとお手洗いに行っている隙に勝手にゲームをしていたようで」

「ああ、大丈夫ですよ。今日はお子様と親御様に楽しんでもらうために開いた催《もよお》し物ですから」

お腹が大きくて身体が辛そうだな。代わりにこの子と一緒にお祭りを回ろうかしら。

「よろしければ、お母様はそちらに座ってゆっくりしていて下さい。私がこの子と一緒にお祭りを回ってきますから」

「まぁ、そんな、悪いです……」

すると、やりとりを聞いていた女の子が椅子を指さしながら口を挟む。

「ママはあそこで待ってて！　おねーちゃんと遊んでくる」

「こら、そんな我儘《わがまま》はダメよ。イザベル様が困るでしょ」

「ヤダヤダ!!　おねーちゃんと遊ぶ！」

女の子の意思は頑なようで、足を踏み鳴らしながら大声で母親に抗議をしている。

「お母様、良いんです。私もちょうど子供達とお祭りを楽しみたかったので」

子供のイヤイヤにお母さん側が折れたようで、申し訳なさそうに私に頭を下げる。

「すみません、ご迷惑をおかけします」

「ママ、行ってきまーす！」

私は女の子と手を繋《つな》いで、お祭りのブースを回っていく。

小さな手から伝わる温もりにほっこりした気持ちになっていると、女の子はふいに私の目をじっと見つめてきた。

「ねぇ、おねーちゃん」

「ん？　どうしたの」

「お祭り開いてくれてありがとう！　すごく楽しい」

お礼を言ってくれるなんて嬉しいな。

無邪気な笑顔でお礼を言う女の子をぎゅっと抱き寄せ、「どういたしまして」と言うと、彼女はきゃきゃっと笑い声を上げる。

ああ、子供達との交流っていいな。

これからも定期的にこういったイベントを設《もう》けて、たくさんの思い出を作ってあげたい。

そして、子供達がのびのびと成長出来る場をこれからも守っていきたいな。

改めてそう決意した時、もらった飴を眺めながらふと乙女ゲームのことが脳裏を過《よぎ》る。

ゲーム開始までもう少しか。

私は手のひらの飴をぎゅっと握り締めて立ち上がる。

この世界の魔法をもってしても時間は止めることは出来ない。だから刻々とゲーム開始時期は迫っているし、逃げることも出来ない。

そんな状況ではあるけど、今の私にはやりたいことを叶えられる環境がある。

だったら、せめて悔いのないよう、私の思い描く夢を形にしていこう。

子供達の未来のために、そして、私の願いのために――

第六章　乙女ゲームの開始

前世を思い出した日から二年が経過し、私は十五歳になった。

当時むちむちの我儘《わがまま》ボディだった身体は今や面影もないくらいスリムになり、成長と共に伸びた手足のおかげで洋服選びが楽しくなるような美スタイルに様変わりしている。

アニーから定期的に受けるケアで髪も肌も艶々《つやつや》だし、このまま社交界デビュー出来そうなレディへと成長していた。

まぁ、元々イザベルは美人なので、磨けば磨くほど綺麗になるのは当然なのだが、前世との容姿の違いには未だ慣れずにいる。

そんな私の目の前には今、立派な門が立ちはだかっていた。

ここは王都にある国立学園で、数ある学園の中でも貴族の子女や金持ちの平民、それに魔力の強い者しか通えない格式高い学園だ。

私もここに入学するのだが、この学園は乙女ゲームの舞台で、しかも本日はゲーム開始となる入学日だった。

「うう、ついにこの日が来てしまったか……」

私はこれまで必死に断罪フラグを回避する努力をしてきた。

実際はどうだったかというと、残念なことに全部失敗に終わっている。

まず、攻略対象者であるアルフお義兄様《にいさま》──

彼は私より一年早く学園に入学しているが、家督を継ぐために頻繁に家と学園を行き来していたため、あまり距離が取れずにいる。

ブラコンだった頃のイザベルなら諸手《もろて》を挙げて喜ぶ展開だろうが、前世の記憶のある今の私はちっとも嬉しくない。

次に、二人目の攻略対象者であるヘンリー殿下──

何故そうなったのか私にもよく分からないのだが、ヘンリー殿下に気に入られた私は、一年前に婚約者に選ばれてしまった。

しかも、王妃殿下にまで気に入られてしまい、私は今でも定期的に王宮へ出入りする日々を送っている。

また、婚約者になってからというもの、ヘンリー殿下は暇さえあればアルノー家に顔を出し、保育園の視察に同行したり、孤児院の訪問について来たりと、やたら一緒にいたがるのだ。

百歩譲って一緒にいるだけならまだしも、髪やら手やらにキスしまくり、あまつさえどさくさに紛れて抱きしめてきて……。適切な対人距離を知らないのか！　と突っ込みたくなるくらい、ヘンリー殿下の距離感はおかしい。

アルフ義兄様《にいさま》も美男子だが、ヘンリー殿下は前世の私の好みにドンピシャなこともあり、触れられるたびに動悸が激しくなる。とにかく心臓に悪いのが悩みの種だった。

「はぁ。念のため学園では少し距離を取らないと」

ちなみにアルノー家の現状だが、私が前世の記憶を取り戻してからというもの、メイドの離職はパタリとなくなり、メイドイビリ好きの令嬢という噂は聞こえてこなくなった。

アルノー領で始めた教育改革も順調に進み、この一年で保育園は増設され、入園待ちをしていた児童数も減った。

更に低所得層向けの学園も設立され、今まで通えなかった子供達が次々に入学し、教育を受けられるようになっている。

私はお妃教育の合間を縫っては精力的に保育園、学園、孤児院を訪問しているのだが、いつしか領民の間で『イザベル様は女神の生まれ変わりだ』と囁《ささや》かれ、崇められる存在になっている……らしい。

私としては自分のやりたいことをやっているだけなので、聖人君子のように思われると正直困ってしまう。

「お嬢様？　先程からどうなさいましたか」

「アニー、な、何でもないわ。おほほほ」

っと、いけない。アニーが側に控えているのを忘れていたわ。

「荷解きのためにこれから寮へ行って参ります」

「ありがとう、助かるわ」

アニーが行ってしまい、一人ポツンとその場に残される。

さて、いつまでもここに突っ立っているわけにはいかないわ。

いざ、戦場へ！

気合を入れて学園の門をくぐると、中では入学案内の資料が配布されていた。

それを手に取りつつ、指定の教室を探して廊下を歩いていると、急に肩を叩かれる。

振り向くと、制服に身を包み、キラキラ王子様スマイルを向けるヘンリー殿下が立っていた。

出会った当初も背は高い方だったが、ここ一年で更に伸びたようで、スラリとした手足はモデルのようだ。身体つきも、以前より筋肉が付いていて、ジャケット姿が様《さま》になっている。

制服姿なのにここまでイケメン王子オーラが滲《にじ》み出るのは、さすが攻略対象者というべきか。

「やあ、イザベル嬢。教室はあっちだよ」

「ヘンリー殿下、ごきげんよう。教えていただきありがとうございます」

そういえば教室は他にもあるはずだけど、ヘンリー殿下は私と同じ方角へ向かっている。

「あの、ヘンリー殿下。もしかして私と同じクラスなのでしょうか」

「ああ、そうだよ。最初は違うクラスだったんだが、私達は婚約者だから同じクラスに変えてもらったんだ」

えええ、せっかく別のクラスだったのに変えちゃったの⁉

私の動揺を他所《よそ》に、ヘンリー殿下は笑顔のままエスコートしようとする。

って、ちょっと、ちょっと。廊下でこんな密着して歩いたら変に目立っちゃう！

「ヘンリー殿下、あの」

「ん？」

「あまり距離が近いと皆に見られますわ。初日から目立つのはちょっと……」

「私達は婚約者なんだから、距離が近くても何も問題ないと思うけど。むしろこの距離感は適切なはずだが、嫌だったかな？」

「いや、その、嫌ではないですが……」

「嫌ではないけど？」

人柄は嫌いじゃないし、むしろ外見はめちゃくちゃ好みなんですが、攻略対象者だから距離を置きたいんです……とは言えないしなぁ。

答えに困った私が上目遣いで見上げると、キラキラスマイルのヘンリー殿下が間近に迫る。

あああ、王子スマイルで見ないで！　キュン死する!!

「な、なんでもないです！　このままでいいですぅ」

「そう？　でも、顔が赤いけど大丈夫？　熱は……ないようだが」

うきゃあああ！　額《ひたい》同士で熱を測らないでえええ。

か、顔が近すぎて、心臓がもたないぃぃ！

「だ、大丈夫ですぅ」

「なら良かった」

あああ、もう。朝から急なキュン死イベントやめてぇぇ。

心臓を押さえつつ必死に冷静になろうとしていると、突然目の前を何かが横切った。

「わわっ」

「危ない！」

腕を軽く引っ張られて体勢を崩した私は、ヘンリー殿下に抱き止められる。

うわぁぁ!?　学園内でほほほ抱擁!?

「へへヘンリー殿下!?」

「ああ、びっくりした。大丈夫だった？」

「は、はひ」

恥ずかしくて顔を伏せた時、廊下に倒れた女生徒が目に入る。

横切った何かの正体はこの子だったのか！　た、大変！　大丈夫かしら!?

「貴女、大丈夫!?」

私は女性の手を引き起こしてあげる。

「すみませぇん」

ピンクのストレートロングに、大きなピンク色の瞳。男が好みそうなうるうるタレ目でふんわりした雰囲気の美少女だ。

あ！　この容姿に見覚えがある!!

この子、「イケメン達の花園」のゲームヒロインだわ！

「君、いきなり飛び出すなんて危ないだろう。次回からは気を付けて」

ヘンリー殿下は落ちていた鞄を拾い上げると、ヒロインに渡す。

「ありがとうございまぁす！」

ヒロインは笑顔でヘンリー殿下から鞄を受け取ると、深くお辞儀をして足早に去って行く。

「気を付けるように言ったばかりなのに、また走って……あの子は人の話を聞いていないのだろうか？　困ったものだ」

ヘンリー殿下は何かを言っているが、考え事をしている私の頭には入ってこない。

今のは、恐らく乙女ゲームの初期イベントだろう。

やはりもう乙女ゲームは始まっているのね。あぁ、せめて内容が分かればいいのに、これじゃ何も対策が立てられない。

「さて、我々も急ごうか」

ヘンリー殿下と廊下を歩きつつ先程の出来事を回想する。

うーん……前世の記憶と照らし合わせてみたけど、今の初期イベント、なんか違和感があるなぁ。

普通なら攻略対象者は悪役令嬢の私ではなく、ヒロインを抱き留めるんじゃなかったっけ？

側に私がいたとはいえ、ヒロインを放置っていうのもおかしい気がするし。

考えても答えが分かるわけもなく、私は悶々とした気持ちで教室に入る。すると、黒板には座席表が貼られていた。私の席は窓側か。

って、隣の席にはヘンリー殿下の名前が!?

「良かった、隣同士だね」

「え？」

「実はクラス編成の話の際に、席もイザベル嬢の隣にしてほしいと要望を伝えたんだ。希望が叶って良かった」

ああっ、またこの王太子は！　こんなところで無駄に権力を使わないでー!!

はぁ、ヘンリー殿下には入学早々振り回されっぱなしだわ。

ちょっと疲れつつぼんやりと教室内を眺めていると、見覚えのあるピンク髪の生徒が前の扉側の席に座っているのが目に入った。

あれ、さっきのヒロインだよね。まさかクラスが一緒なの!?

私の視線に気付いたのか、こちらに顔を向けたヒロインと目が合う。

ぎゃ、マズい。ガン見していたのがバレる！

思わず視線を逸らしたのだが、時すでに遅し。

ヒロインは席を立つとこちらに向かってきて、私の前で立ち止まった。

「先程はありがとうございます」

「は、はぁ。ご無事で何よりですわ」

「あの時は咄嗟《とっさ》のことだったので分かりませんでしたが、アルノー家のイザベル様でいらっしゃいますよね？」

「はい、そうですが」

私の返事を聞くと、途端に険しい表情になるヒロイン。

「私はマリア・デ・フェルナードと申します」

「は、はぁ」

ヒロイン――いや、マリア様は自己紹介をしてくれたが、表情も口調も穏やかではない様子。

私まだ何もしていないのに、なんで彼女はこんな態度なの!?

「無礼を承知でお話しすることをお許し下さい。私は貴女を許せません。イザベル様、何故使用人のメイド達を虐《いじ》めるのですか」

「はい？」

「イザベル様が『メイドイビリ好きな意地悪令嬢』だという噂は、私の耳にも届いております。どうして、罪のないメイド達を虐《いじ》めるのですか？　使用人は主人には逆らえない立場なのに、虐《いじ》めて退職に追い込むなんて、あんまりですっ！」

「え、えーと」

確かに、前世の記憶が戻る前のイザベルがメイドイビリし過ぎていたのは事実だ。

ただ、イザベル本人は、マナーのなっていないメイド達を指導しているだけという認識であり、虐《いじ》めているつもりはなかった。

前世の記憶が戻ってからは、その傲慢な性格を改め、メイドを含む使用人達との接し方に気を配った結果、離職はゼロ。使用人達との関係も格段に良くなった。

今では、家族の目を盗んでアニーや他の使用人達とお茶をすることさえある。

とはいえメイドにキツく当たっていたのは事実だし、何と返事をしたらいいのかしら。

すると、隣で私とマリア様のやりとりを聞いていたヘンリー殿下が、苛立《いらだ》った様子で立ち上がった。

「君、イザベル嬢に向かってなんて口のきき方だ。彼女は私の婚約者。イザベル嬢への侮辱は私への侮辱とも取れるが」

マリア様はヘンリー殿下の顔を見た途端、笑顔になる。

「ああ！　先程は鞄を渡していただきましてありがとうございますっ！」

あの〜、私もマリア様を引っ張り上げたはずなんですけど。

どうやら悪役認定されている私の行いは眼中にないらしい。

マリア様はヘンリー殿下の手を握りお礼を言うが、彼は軽くその手を払う。

「悪いが、私はいつ命を狙われるか分からない身なので、気安く触れられるのは困るんだ」

私には気安く触ってくるのに、ヒロインのマリア様にはなんでそんな態度なんだ。

もしかして、私のせいで原作のストーリーにないことが起きたから、色々なことが変わってきてしまっているのかしら。

予想外の展開にひやひやしていると、マリア様が今にも泣き出しそうな潤《うる》んだ瞳でヘンリー殿下を見上げる。

「申し訳ございません。ですが、私は弱い者虐《いじ》めをする方を許せなくて」

私が男なら、こんな顔で上目遣いされたら間違いなくぐっと来るだろうな。やっぱりヒロインは可愛いなぁ。

でも、ヘンリー殿下はマリア様に氷のように冷たい眼差しを向けたままだ。

「君は、真実を知ろうとしないまま噂話を鵜呑《うの》みにしたのか」

「真実……？」

「イザベル嬢はメイドイビリをしていたのではなく、メイドにマナー教育を施《ほどこ》していただけだ。教育が厳し過ぎて離職するメイドが多かったのは事実だが、虐《いじ》めていたわけではない。それに、今はそれもなくなり、使用人との関係も良好だと聞いている。何も知らない部外者の立場で、身分が上の者に対して難癖をつけてくるとは……ここで教育を受ける前に令嬢教育をやり直した方が良いのではないか？」

庇《かば》ってくれるのはありがたいけど、何故メイドイビリの真実を知っている⁉

動揺が顔に出ていたのか、ヘンリー殿下は申し訳なさそうに事情を説明する。

「すまない、実は婚約するにあたり家臣から噂の真相を確かめてもらっていた。真実を知らないまま、噂話だけで婚約者の人となりを決め付けたくなかったんだ」

「そうだったのですね……」

「修道院で会った日のことだが、貴女は騒ぎ出した子供を抱き上げた時に、頬を引っ掻かれて怪我をしただろう。しかし、その孤児を叱ったり罰を与えたりすることはせず、子供を優しく嗜《たしな》めていた。自身の怪我の手当てもしないまま」

そういえばそんなことがあったな。知らぬ間に仕事振りを見られていて恥ずかしいわ。

「令嬢の顔に傷を付けるなど、本来なら不敬罪で処罰される深刻な案件だ。それにもかかわらず、貴女は自身のことを差し置き、子供を優先させた。私はそれを見て思ったんだ。イザベル嬢は、本当にメイドイビリ好きな令嬢なのかと。そして……確信したんだ。過去に貴女に会っていることを」

「え？」

「実はイザベル嬢とは幼少期にお茶会で一度会っていてね。お茶会がつまらなくて遊んでいたら転んでしまったのだが、貴女は誰より早く駆けつけて、私の傷を手当てしてくれたんだ。実を言うと、あの時から私はすでに貴女のことが気になっていた」

ヘンリー殿下と初めて会った後に思い出したお茶会の記憶は、やはり幼少期の彼だったんだ！

じゃあ、イザベルとヘンリー殿下は、あの時両想いだったってこと!?

「貴女の心は美しい。噂話なんて信じてはいけないのだと、改めて思ったよ」

ヘンリー殿下は私の手を取ると、そっと口付ける。

このタイミングでその口付けは反則！

恥ずかしくなり顔を上げた途端に、周囲からの視線を感じた。ふと辺りを見渡すと、教室にいた生徒達が私達をガン見している。

ギャーーーー!!　そうだった、ここは教室!!

「えー、立て込んでいるところ悪いですが、時間が押しているので授業を始めますよ？　お三方、席に着いて下さい」

いつの間にか先生まで来ているし！

「先生、失礼いたしました。授業を始めて下さい。さ、君も席に戻りたまえ」

冷たくあしらわれたマリア様は、しょんぼり顔のまま席へ戻って行く。

ああ、まだ学園生活が始まってちょっとしか経っていないのに、色々ありすぎて身が持たない。

朝からメンタルをゴリゴリに削られ、満身創痍《まんしんそうい》な私はぼんやりと教師の話を聞き流す。

今日は初日ということもあり、授業方針や学園生活の注意点などの説明のみのようだ。

「私からの話は以上です。これからは寮生活の説明になりますので、生徒会長に代わります」

先生がそう言った後に教室に入ってきたのは、肩までの黒髪を後ろで一纏《ひとまと》めにした、切れ長の黒い瞳を持つ長身の美男子——

「皆様、こんにちは。今年度より生徒会長を務めることになりました、アルフレッド・フォン・アルノーです」

って、アルフ義兄様《にいさま》が何故ここに⁉

そういえば、お父様とお義母様《かあさま》がアルフレッドは成績優秀だと褒めちぎっていたけど、生徒会長に抜擢《ばってき》されていたなんて聞いてないよ⁉

学園に入ればアルフ義兄様《にいさま》と距離を置けると思っていたのに……

それどころか、ヘンリー殿下、マリア様まで勢揃いだなんて、完全に役満状態じゃない⁉

ああ、予想外な出来事が多すぎてもう嫌だぁ。この教室から逃げ出して、全てを投げ出してしまいたい。

「——以上です」

「ありがとう、アルフレッド君。では今日はこれで終わります。皆さん本日はお疲れ様でした」

ああ、終わったのか。何にも頭に入らなかったわ。

抜け殻のようにぼんやり座っていると、ヘンリー殿下が声を掛けてきた。

「イザベル嬢、大丈夫か？　顔色が優れないようだが」

「へ？　は、はい！　大丈夫です」

「私はこの後用事があるから先に失礼するよ」

「ごきげんよう、ヘンリー殿下」

はぁ、ダメダメ。マイナス思考でぼんやりしていても埒《らち》が明かないし、ひとまず寮に戻ろう。

荷物はアニーが運んでくれているはずだし、寮で休めば少し気分も落ち着くかもしれない。

筆記用具を無造作に鞄に入れ席を立った時、教室の外からこちらに向かって手を振る人物がいることに気付く。

紫色の髪と瞳を持つその女性徒は……間違いない、クロエ様だわ！

手紙でこの学園に入学予定だと聞いていたから、クラスが一緒になることを期待していたけど、残念ながら別々になってしまったようだ。

「クロエ様」

「イザベル様、お久しぶりでございます」

クロエ様がネスメ女子修道院にいる時は毎日しゃべっていたが、実家に戻ってからは手紙のやりとりのみだったので、こうして会うのは一年振りだろうか。クロエ様の家庭事情を知っているだけに心配だったが、以前と変わらず元気そうな様子で安心したわ。

「あれ？　イザベル様、また痩せました？」

「そうかしら？　忙しくてたまに食事を抜いてしまう時があるから、以前より痩せたのかも」

そういえば、最近服が少し緩《ゆる》いなと思っていた。

前世の私は忙しいと食事を忘れてしまうタイプの人間だったせいか、その状態が続くと痩せてしまっていた。その影響もあるのかも。

まぁ、元が太っていたし、これくらいの方が服が綺麗に着られてちょうどいい気もするけどね。

「領民のために精力的に動くイザベル様は、同性の目から見てもカッコよくて憧れの存在です。ですが、どうかお身体は大切になさって下さいませ。憧れの君がいなくなったら私の心は枯れてしまいますわ」

「はい、身体には気を付けます」

憧れの君とは一体何なんだ、と思いつつ、笑顔で答える。

クロエ様っていい人なんだけど、時々不可解な発言をするところがあるよね。

それさえなければ完璧なご令嬢なのにと残念な目で見ていると、突然勢い良く教室の扉が開いた。

「おう、クロエ」

「あ、お兄様！」

燃えるような赤髪の短髪に、意思の強そうなアンバーアイが印象的な男子生徒がこちらに向かってやって来る。

「もう、お兄様。ここは一年の教室なんですから、勝手に入って来ないで下さい」

「俺は用事があってここに来たんだ。あれ、ヘンリー殿下は？」

へぇ、クロエ様のお兄様って随分体格が良いのね。身長も高いし、スポーツマンタイプのさわやかイケメンって感じ。

マルク家は代々騎士を輩出している家柄だし、お兄様もきっと騎士としての教育を受けているんだろうな。どうやらヘンリー殿下を探しているようだけど、さっき教室から出て行ったことを教えてあげよう。

「あの、ヘンリー殿下でしたら、先程教室を出て行かれましたよ」

「お、おい、クロエ。こちらのご令嬢は？」

「まぁ、イザベル様に向かってなんて口のきき方ですか！」

「クロエ様、いいのです。申し遅れました、私はイザベル・フォン・アルノーと申します」

「こ、これは失礼いたしました！　私はアーサー・ド・マルクです」

アーサー様はどこかそわそわした様子で私を見つめる。

何だろう、言いたいことでもあるのかしら。

「アーサー様、どうなさいました？」

「あ！　いえ！　なんでもないです！　では俺はこれで」

大した挨拶《あいさつ》も出来ないまま、アーサー様は慌てた様子で教室を出て行ってしまった。

ヘンリー殿下に急ぎの用事でもあったのかな。

「全く、お兄様ったら。イザベル様、兄が失礼な態度で申し訳ございません」

「いいえ、そんなことありませんわ」

「イザベル様はなんと器《うつわ》の大きなお方なんでしょう！　さすがは私の憧れの君ですわ！」

ちょ、クロエ様大声でそんなこと言わないで！

「シーッ！　クロエ様、声が大きいです」

「はっ！　私ったらつい」

そんな会話をしつつ人が少なくなった教室を後にする。

そういえば、さっき見たクロエ様のお兄様、なんだか見覚えある顔なんだよなぁ。

「あ！」

思い出した！　あの赤髪の美丈夫《びじょうふ》も攻略対象者の一人だわ！

確か、あの乙女ゲームでは、王子キャラ、お兄ちゃんキャラ、スポーツマンキャラの三人がいたっけ。

「イザベル様、どうかなさいました？」

「え!?　いや、何でも」

まさかクロエ様のお兄様が攻略対象者だなんて。ああ、また攻略対象者が近くにいるなんてどうしよう。

はぁ、今日は色々あり過ぎて疲れた……早く寮に戻って休もう。

クロエ様から見えないように外を見るフリをして、私は小さくため息を吐いた。

☆　☆　☆

今日は学園生活二日目。朝ガラリと教室の扉を開けると、さっそくマリア様と目が合う。

うわ、嫌だなぁ。また何か言われたらどうしよう。

ビクビクしていると、マリア様の方からぱっと目を逸らした。

良かった、今日は絡んでこないようだ。

ほっとしながら席に着き、鞄から教本を取り出す。

そうそう、二日目からさっそく魔法の授業があるのよね。

前世では科学的に証明出来ないような事象に対してロマンを感じるタイプの人間だったこともあり、魔法の授業を楽しみにしていたのよね、ふふ。

実は家庭教師に習った知識を元に、授業が始まる前の予習として魔法を試してみたことがある。

しかし、指先に一センチくらいの小さい炎をポッと出せた程度で、すぐに消えてしまった。

それに、私が出す炎は何故か黒っぽかった。教科書には魔法で出す炎の色まで書かれていなかったし、これが普通のことなのかは分からないけど。

でも、一瞬でも魔法が使えたという事実に感動したのよね～。

「イザベル嬢、おはよう」

わわわ、後ろからハグ!?　朝から教室でこんなことをしてくる人物は一人しかいない。

「ヘンリー殿下！　朝からこんなことをしたら目立ってしまいますわ」

「ははは、イザベル嬢の物思いに耽《ふけ》る横顔があまりに美しくて、つい手を出したくなったんだ」

「もう！」

「すまない。怒った顔も可愛いな」

ヘンリー殿下は私の髪にチュッと口付け、にっこり笑う。

もー！　言ってる側からこのキラキラ王子は!!

「おや、クロエ嬢。イザベル嬢に用事かな」

んなっ、いつの間にクロエ様が側にいたの!?　恥ずかしい……！

「え、ええ。でも、お取り込み中のようでしたので改めますわ」

クロエ様、そんなこと言わずに助けて！

私は目で必死に訴えたが、クロエ様は心なしか赤い顔で「イザベル様を独り占めされるのは悔しいですが、美男美女の絡みは目の保養ですわね」とブツブツ呟《つぶや》いている。

「さて、もう授業かな」

はぁ、ようやく離れてくれた。

ほっとしたと同時に複数の視線を感じる。

「ヘンリー殿下とイザベル様は仲良くて羨《うらや》ましいわ」「朝から熱烈だな」というヒソヒソ声と共に、私とヘンリー殿下を見るクラスメイト達。

か、完全にクラスから浮いている……！

断罪フラグを極力立たせないために、とにかく目立つことはしたくなかったのに！

いたたまれず席で窓の外の景色を眺めていると、ローブを纏《まと》った小さな男の子が入ってきた。

「皆さーん、おはようございます！　魔法担当の教師が体調不良でしばらくお休みするので、臨時教師として授業を担当することになりました、リュカ・エスタでぇす☆」

え！　このちびっ子が教師⁉

リュカと名乗るその教師は、子供のような小さな身体に、くるくるとカールした茶髪とくりっとした金色の瞳が印象的だ。

明らかに自分達より年下の子供が教師であることに皆も動揺しているようで、ザワザワと辺りが騒がしくなる。

「はいはい、皆さんお静かに！　確かに今の僕はこの通りちびっ子だけど、ちゃんと成人した大人だよ！　ほら☆」

リュカ先生が指を鳴らすと、ちびっ子だったはずの姿が大人のそれへと変化する。

くるくるカールの髪はそのままだが、背が伸び幼さが抜けた顔立ちは先程のちびっ子と同一人物とは思えない。無造作に髪をかき上げる姿は、余裕のある大人の男の色香を感じさせる。

「ふぅ。子供の方が魔力を消費しないから、普段はさっきのような姿をしているんだ。これは僕の特殊能力で、己《おのれ》の姿を変化させることが出来るんだよ☆　さぁ、話はこれくらいにして授業に戻りまーす♪」

うわぁ、すごい！　リュカ先生は特殊能力持ちなのね！

ちなみに特殊能力とは六属性以外の能力を指すのだけど、人によって持っている能力が違うし、特殊能力を持っていない人も多い。

「驚いたな。魔法省の大臣が教師として来るとは」

隣席にいるヘンリー殿下の呟《つぶや》きが耳に入る。え、リュカ先生が魔法省の大臣!?

「そ、そうなのですか!?」

「シッ。彼はあまり人前に出ないから知る者は少ないが、本当は魔法省の大臣なんだ」

へぇ、なんだかすごい人が臨時教師で来たなぁ。

そんなことを思っていると、リュカ先生はおもむろに教科書を開き何かを確認した後、パタンと閉じてしまった。

「教科書には詠唱魔法についてツラツラと書かれているけど、そもそも魔法なんて感覚さえ掴《つか》めれば詠唱しなくても出せるよ。これは僕なりのやり方なので教科書には載ってないんだけど、教科書通りのやり方は担当教師が復帰した時にでも教えてもらってね☆」

え、リュカ先生はいきなり無詠唱魔法を教える気!?

魔法は詠唱が必要で、無詠唱は魔力が高くないと使えないというのが常識なのに。

皆もいきなり高度なテクニックを教えようとするリュカ先生に戸惑っているようだ。

「はーい、皆さんお静かに☆　じゃ、さっそくリュカ式魔法術を教えちゃいまぁす♪　まずはその場に立ってみましょう」

リュカ先生に言われるがまま立ち上がる。

「最初は身体に宿る魔力を意識するところから始めましょ☆　目を閉じて、自身の鼓動を意識します。集中すれば身体の中心に熱があるのを感じるはずなので、その熱を末端に向けてゆっくり移動させます。そうだなぁ、身体を巡る血液を想像するとやりやすいかな？　で、指先が徐々に熱くなってきたら、その熱を外に強く放出するイメージで魔力を出してみて下さい」

出してみて下さいって簡単に言うけど、本当にそんなの出るのかしら。

ひとまず先生の言われた通り目を瞑《つぶ》り、魔力の流れを意識する。

むむ、なんだか身体の奥にジリジリした熱を感じるわ。

それは中心から末端へ向かって移動し、指先へと集まっていく。私はその熱を強く外に出すイメージでぎゅっと力を込めてみた。

「きゃっ⁉」

うわわわわ、なにこれ⁉

目を開けた先にあったのは、大人の頭サイズほどある黒っぽい炎だ。

しかし、不思議と熱くはない。どうやら魔法を出した本人に害はないようだ。

周りを見渡すと、水が出る生徒、風が出る生徒と様々だが、黒っぽい炎を出すのは私だけだった。

不思議だなぁと思って眺めていると、リュカ先生が私のもとにやって来た。

「これは……どうやら火の他に、闇の魔力も混じっているようだね。君の名前は？」

「イザベル・フォン・アルノーでございます」

リュカ先生は手元にある資料の束を捲《めく》りながら、ブツブツと独り言をつぶやく。

「資料では火属性のみ？　闇の魔力が弱過ぎて感知されなかったのか……？」

何だろう、私の魔法に変なところがあったのかしら。

「イザベル君、君の能力に興味があるから、授業後に僕と一緒に来てね☆」

「は、はい」

不安に思いながらも返事をすると、急に強い光が教室全体を包み込んだ。

「ま、眩《まぶ》しい！」

光の発信源はマリア様だ。

リュカ先生は慌てた様子でマリア様のもとへ駆け寄る。

「君は光の魔力持ちなのか⁉」

「せ、先生。私、何のことか分からないですぅ」

突然のことで本人も動揺しているのか、マリア様は涙目で茫然としている。

リュカ先生は私の時と同じように持っていた資料を捲《めく》る。

「資料には、水？　魔力が突然変異したレアケースなのか？」

「せ、先生、この光どうしたらいいんでしょうかぁ……」

「ああ、ごめんごめん☆　意識を別の方に持っていけば自然と消えるはずだよ」

「は、はいぃ」

マリア様がリュカ先生のアドバイス通りにすると、眩《まぶ》しかった光がなくなる。

「マリア君、君も授業後に僕と一緒に来なさい☆　ああ、二人もレアな魔力持ちに遭遇するなんて、最っ高！　ぐふ、ぐふふふ」

リュカ先生は不気味な笑い声を出しながら、喜々とした様子で授業を続ける。

ああ、これ、なんとなく嫌な予感。

乙女ゲームのイベントが始まりそうな予感がして思わず身震いがするわ。

マリア様と一緒になりたくないなぁ、何とか回避する方法はないかしら。

あ、そうだ。体調不良ってことにして、後日改めてリュカ先生のところに行くのはどうだろう。

私は早速元気のない様子を装《よそお》ってリュカ先生に近付く。

「リュカ先生」

「どうしたの、イザベル君」

「あの、実は気分が優れなくて」

「う〜ん？　魔力の循環に乱れはなさそうだけど」

「で、でも、何だかフラフラするんです」

一般的に魔力は宿主の精神面や体調面に左右されることが多く、体調が悪いと魔力の循環にも乱れが生じる場合が多い。

リュカ先生はしばらく私をじっと見つめた後、ふーん？　と意味深な声を出し、耳元でボソリと呟《つぶや》く。

「マリア君と何があったのかは知らないけど、一緒にいるのが嫌なら後で僕がイザベル君のところに行くね☆」

なっ！　思考を読まれている⁉

リュカ先生はニヤリといやらしい笑みを浮かべて続ける。

「ふふ、魔力を大幅に消費する割に断片的にしか読み取れないから、あまり好きな能力じゃないんだけどね。よしっ！　イザベル君、医務室へ行ってきなさい☆　あ、場所は分かるかな？」

「はい、分かります」

実は断罪フラグを避ける避難場所として、医務室は事前に案内図でチェック済みなんだよね。

「それなら付き添いがなくても大丈夫だね。じゃあ、行ってらっしゃ〜い☆」

これ以上リュカ先生のもとにいると余計な思考まで読まれそうだったので、私は口元にハンカチを当てて、そそくさと教室を後にする。

はぁ、何とか抜け出すことに成功したわ。

それにしても、リュカ先生が変化や読心の特殊魔法を使えるなんて驚きだわ。

更に驚いたのは、ヒロインのマリア様が光の魔力持ちだったこと。

この国では『テレス教』という宗教が信仰されており、この国を作ったとされる創造神の女神を崇拝している。私がネスメ女子修道院で毎日行っていたお祈りも、女神様に感謝の気持ちを捧げるためのものだ。

その女神と同様に崇拝されるのが、光の魔力を保有する巫女という存在。光の魔力持ちは巫女と呼ばれ国から重用されるのだが、その理由は巫女の能力だった。

この世界には人間を襲う脅威である魔獣が存在するが、光の魔力はその魔獣達を滅し人々の暮らしを守ってくれるのだ。

よって各国にとって巫女の力は喉から手が出るほど欲しい物であり、また滅多に現れない存在であることから必ずと言っていいほど争奪戦となる。

恐らく、マリア様は要人として国から何らかの形で保護を受けることになるだろう。

「マリア様が巫女だったなんて……。でも、乙女ゲームとしてはありがちな設定なのかもなぁ」

誰もいない廊下で気が緩《ゆる》み、思わず独り言が漏れる。

「さて、ここを右だったよね」

医務室までの経路を思い出しながら、私は静かな廊下を歩く。

歩きながら頭に浮かぶのは今後の展開のことだ。

巫女になればマリア様はこの先、王宮との繫《つな》がりが出来るだろうし、ヘンリー殿下との関係性にも変化が生じる可能性がある。

そうすると、正規ルートであるヘンリー殿下とマリア様が結ばれる未来が想定されるが、その場合、現在婚約者である私は邪魔になるわけだ。

乙女ゲームならここで悪役っぷりを発揮して二人の邪魔をする、なんて展開になるのかもしれないが、あっさり身を引いて二人を祝福することが出来れば断罪されずに済むのではないか。

「……あれ、行き止まり？　ああ、そっか。ここの階段を上るんだったわ」

階段を上がっていると、窓から差す光が顔に当たった。

キラキラしたその光は、なんとなくヘンリー殿下の金髪を彷彿《ほうふつ》とさせる。

「この先、ヘンリー殿下とどう接したらいいのかな……」

階段を上り切り、再び廊下を歩きながらポツリと呟《つぶや》く。

今までヒロインの存在がいなかったこともあり、正直心のどこかで現状について楽観視していたのかもしれない。このままヘンリー殿下と良好な関係を維持しつつ、妹思いのアルフ義兄様《にいさま》とも仲良くしていけたら……なんて、淡い期待があった。

でも、マリア様が登場したことで、このままの関係を維持することが難しくなるかもしれない。

そうしたら、もうヘンリー殿下と二人で馬に乗って出掛けたり、カフェでお茶したり、王宮へ呼び出されることもなくなってしまうのかな……

ヘンリー殿下との日々を思い出すたびに、寂しさで胸が苦しくなる。

思わずきゅっと胸を押さえると、ふと背中に何やら視線のようなものを感じた。

……誰？

気になって振り返ってみたが、誰もいない。

この時間は授業中だし、ここは生徒達のいる教室から離れたところなので、他に人がいるとはとても思えない。

視線のような纏《まと》わりつく違和感は、窓からの光で影になっている柱の隅から感じる。

何故だろう、ちょっと怖いけど、あの場所がとても気になる。

好奇心に吸い寄せられるように、一歩、また一歩とその影に向かって歩み寄った。

とうとう柱の近くまでやって来たが、何も見当たらない。

なぁんだ、やっぱり気のせいだったのか。

ほっとして医務室へ向かおうと一歩後退した時、突然、影から何かが飛び出した。

「ッ⁉」

うぎゃあああ⁉　何か出てきた‼

どうしよう、逃げたいのに下半身に力が入らない！　もしかして腰が抜けてる⁉

どうすることも出来ずにその場にへなへなと座り込む。

その黒い物体、いや、動物のようなものはじっとしたまま動かない。

熊に似ているが、額《ひたい》には鋭利な角が一本生えており、前脚には刃物のようにギラギラ光る爪が無数に生えている。

前世でも見たことのない不思議な姿の生き物は、私と目が合うとペコリとお辞儀をして、顎《あご》でクイッと自分の背中を指す。

んんん？　な、なんだ、この仕草は。

その場に固まったままの私に、その動物はもう一度自分の背中を指すような動きをする。

え。もしかして、背中に乗れということなのかしら。

だけど、身体が動かないためどうすることも出来ない。すると、その動物はやれやれといった様子でノソノソと私に歩み寄ってきた。

その瞬間、突然辺りに強い風が吹き荒れる。

「きゃっ⁉」

動物は突風に吹き飛ばされ、そのまま壁に強く叩きつけられた。

「イザベル嬢、大丈夫か！」

バタバタと慌ただしい足音と共に、聞き覚えのある声が私を呼ぶ。

振り返ると、キラキラ王子オーラを纏《まと》った男子生徒が息を切らしてこちらに向かっていた。

「ヘンリー殿下……」

「イザベル嬢、離れろ！　そいつは魔獣だ！」

えぇっ‼　この熊みたいな動物が魔獣⁉

「お二人とも、大丈夫ですか⁉」

学園内を巡回中らしき警邏《けいら》隊員が、ヘンリー殿下の反対方向から駆け寄る。

魔獣は警戒しているのか、獣《けもの》のような唸《うな》り声を上げて警邏《けいら》隊員を威嚇《いかく》すると、猛スピードでそちらに突進した。

「あぁっ、危ない！」

警邏《けいら》隊員は間一髪で魔獣を避けると、腰に提げた剣を引き抜き振りかぶる。だが、魔獣は機敏な動きで警邏《けいら》隊員の繰り出す攻撃を躱《かわ》した。

「イザベル嬢、怪我しているところはないか⁉」

背後から庇《かば》うように力強く抱きしめられて振り向くと、ヘンリー殿下が緊迫した様子で私に尋ねる。

「ヘンリー殿下、私は無事です。でも、警邏《けいら》隊員さんが！」

「あぁ。あの大きさの魔獣だと彼一人では分が悪いだろうから、助けに行こうと思う。イザベル嬢、この場から離れて教師を呼びに行ってくれないか？」

「……申し訳ないのですが、腰が抜けてしまったようでこの場から動けないのです」

「そうだったのか。気付かずにすまない、怖かっただろう」

ヘンリー殿下はそっと私の身体をさする。

「ぐあっ！」

警邏《けいら》隊員さんの苦しそうな声に顔を上げると、魔獣が体勢の崩れた警邏《けいら》隊員の足に噛みついているのが見えた。

ああ、どうしよう！　警邏《けいら》隊員さんが危ない！

「チッ！　まずい」

ヘンリー殿下は立ち上がり、魔獣目掛けて手を翳《かざ》すと、先程と同様に風が吹き荒れて魔獣が壁に衝突する。

「しばらく魔法を使うから、なるべく頭を低く保っていて。すぐ戻る」

ヘンリー殿下はそう言い残すと、魔獣に向かって駆け出す。

再び壁に叩きつけられた魔獣は、ヘンリー殿下の繰り出す魔法攻撃に為す術《すべ》がないようだ。

「ぐおおお！」

魔獣は苦しそうに唸《うな》り声を上げると、ついに倒れ込んだまま動かなくなった。

どうやら魔獣を倒したようだ。

す、すごい。ヘンリー殿下がこんなに強かったなんて、知らなかった。

「よし、これでもう大丈夫だろう。動けるか」

足を負傷した警邏《けいら》隊員に話し掛けるヘンリー殿下。怪我の様子が心配だけど、会話は出来ているようだし命が無事で良かった。

ほっと胸を撫でおろしていると、なんと倒れたはずの魔獣がよろけながら立ち上がった。

「ヘンリー殿下、大変です！　まだ魔獣が生きてます！」

「なに⁉」

しゃがんで警邏《けいら》隊員の怪我の様子を確認していたヘンリー殿下の背中目掛けて、魔獣が飛び掛かる。

ああ、だめ！　このままじゃ二人とも危ない！

「お願い、やめて‼」

咄嗟《とっさ》に手を振りかざすと、手から黒い何かが飛び出す。

それが魔獣に命中すると、その勢いで廊下の窓を突き破り外へ投げ出される。そして、窓ガラスの割れる音と共に地面に落ちていった。

同時に、身体からエネルギーが出て行ってしまったような脱力感に襲われる。私の身に何が起きたのかは分からないけど、目前の危機からは脱したようだ。

恐怖の対象がいなくなりほっとしていると、騒がしい音が聞こえてくる。

恐らく魔法やら窓ガラスの割れる音やらで騒ぎを聞きつけたのだろう。

廊下の端から息を荒らげてこちらに駆け寄ってきたのは、リュカ先生だった。

「三人とも無事か!?」

「ああ、助かった……」

「エスタ卿、我々は無事だ！　だが、警邏《けいら》隊員が怪我をしているから救護が必要だ」

「何だって!?　それは大変だ」

リュカ先生は警邏《けいら》隊員に駆け寄り、怪我の様子を確認しているようだ。

「うわぁ、痛そうだけど見た目より気の乱れは酷くないね。命に別状はなさそうだから、応援が来たら手当てをさせよう」

「エスタ卿、イザベル嬢の様子も心配だから後は任せてもいいか」

「もちろん☆」

ヘンリー殿下はそう言って私に駆け寄り、心配そうな表情のまま背中をさすってくれる。

「イザベル嬢、怖かっただろう。怪我はないか？」

「はい、私は大丈夫です。でも、腰が……」

「ああ、そうだったね。床に座らせたままですまなかった。ちょっと失礼するよ」

わわわ、身体が宙を浮く!?

浮遊感が怖くて思わずヘンリー殿下にしがみ付くと、彼がくすりと笑う。

「ふふ。大丈夫、落としたりしないよ。でも暴れると危ないから、あまり動かないでいてくれると助かる」

「は、はいぃ」

ひゃああ、お姫様抱っこされてるぅ！　いきなりヘンリー殿下と密着状態とか、ドキドキし過ぎて心臓がもたない！

ヘンリー殿下は私を抱き抱えたまま、リュカ先生達のところへ戻った。応援が来たようで、辺りは緊迫した雰囲気になる。

警邏《けいら》隊員が運ばれていくのを確認した後、リュカ先生は私達に話し掛けた。

「とりあえず、この場は大丈夫そうだね。さて、この騒ぎの原因について聞かせてくれるかな」

うぐっ、どうしよう。あまり詳細を話すと、私が仮病を使っていたことが皆にバレる可能性が……

黙り込む私を気遣ってくれたのだろう、ヘンリー殿下が口を開く。

「イザベル嬢はこの騒ぎに動揺しているようだから、代わりに私から説明しよう」

ああ、ヘンリー殿下ありがとう！　咄嗟《とっさ》の言い訳が思いつかなかったからすごく助かる！

そうしてヘンリー殿下が簡単に経緯を説明すると、辺りがどよめいた。

「何、魔獣だって⁉　そんなことが……！」

「学園内の結界はどうなっているんだ」

「生徒達を避難させなければ！」

ああ、なんだか想像以上に大事《おおごと》になってきたぞ。

周りの反応から実は深刻な事態だったことに気付き、不安な気持ちになる。

騒がしくなる周囲を落ち着かせるためか、リュカ先生が静かな声で言った。

「みんな、気持ちは分かるけど一旦落ち着いてよぅ。今、学園内に闇魔力の反応がないか調べてるから、ちょっと静かにしててね～」

リュカ先生の言葉を聞いて、教師達は一斉に口を噤《つぐ》む。

静かになったことを確認すると、リュカ先生は目を閉じて何かに集中し始めた。

「ん～反応がない。……うん、魔獣はもう学園内にはいないから大丈夫だね」

この場にいる全員がほっとした様子になる。

ああ、とりあえず身の安全は確保されたみたいで良かった。

「対策について考えないといけないし、これ以上この場にいてもしょうがないから、皆さんは持ち場に戻って下さい。あと、用務員にガラスの清掃をしておくよう伝えて。生徒達も不安がるだろうから、後のケアは先生方が協力して行って下さい」

リュカ先生はこういった不測の事態に慣れているのか、てきぱきと周囲の人に指示を出す。

教師達が戻っていくのを確認すると、リュカ先生はにっこりと私に笑顔を向けた。

リュ、リュカ先生、目が笑っていないよ⁉

「さぁて、イザベル君☆　君はなんでこんなところにいたんだい？　医務室はこっちじゃないはずだけど」

ああ、好奇心からつい寄り道をしていたことが完全にバレている。

「ご、ごめんなさい」

素直に謝ると、リュカ先生はやれやれといった様子で話を続ける。

「全く、君は思ったよりお転婆さんなのかな。もうこんな事態にはならないと思うけど、念のためしばらくは授業中に抜け出して人気《ひとけ》のいない場所で遊んだりしないようにね。さ、こんなところで話し込むのも何だし、ちょっと場所変えて話そうか☆　僕に付いてきて」

うぅ、こんなことになるなら大人しく医務室へ行けば良かった。

己《おのれ》の行いを後悔していると、ヘンリー殿下のサラサラな金髪が私の頬を撫でる。

先程からヘンリー殿下は私をお姫様抱っこしたままの状態だが、疲れないのだろうか。

「あの……ヘンリー殿下」

「ん？　どうした」

「私を抱きかかえたままで重くないですか？」

「ああ、大丈夫だよ。イザベル嬢は元々軽いし、普段騎士連中と一緒に鍛えているからこれくらいは何ともない」

ヘンリー殿下ってパッと見は細身なんだけど、こうして密着しているとしっかり筋肉が付いてるのが分かる。

無駄がない身体って、きっとこういう体型のことを言うんだろうな。

「そうなのですか。でも、もし大変だったら遠慮なく下ろして下さいね」

「ははは、気遣いありがとう。でも、そんなことは絶対にしないし、何ならこの状態がずっと続けばいいと思っているけどね」

「もう、冗談はおやめになって下さいまし」

「冗談なんかじゃないさ。貴女と過ごす時間は私にとって何物にも代えがたい大切なものだ。このままイザベル嬢と仲良く過ごすことが出来たらどんなに幸せか……」

ヘンリー殿下の甘いセリフに顔が熱くなるのを感じる。

ううう、至近距離でこんなことを言うなんて反則だよ！

「私は早く結婚したいけれど、一応しきたりで学園卒業までは待つことになっているからね。本音としては早く貴女と一緒になりたいと思っているよ」

プロポーズのような発言にますます顔が熱くなる。

乙女ゲームならキュンキュンするシチュエーションに悶えているところだが、実際に言われるとどう反応したらいいのか分からなくなってしまう。

「それまでに、私に気持ちが向いてくれるよう努力しないといけないな」

そう言って、ヘンリー殿下はどこか切なそうな表情で私を見つめる。

ううう、そんな顔で私を見ないでぇぇ。

これが乙女ゲームのヒロインなら、私も貴方が好きと言って両想いになるシーンなのかもしれないけど、私はしょせん悪役令嬢だ。

この後ヒロインのマリア様にヘンリー殿下が心を奪われるかもしれないから、好意を寄せられても応えることが出来ない。

でも、ヘンリー殿下の言葉を聞くと嬉しくなってしまう自分がいる。たとえ、ゲーム補正があったとしても……って、その思考は危険だわ！

これだけ密着しているとどうしても色々と考えてしまうから、別の話題に変えよう。

そういえば、なんでヘンリー殿下は私が魔獣に遭遇した場所にいたのだろう。授業はどうしたのかしら？

「あ、あの、ちょっとお聞きしたいことがあるのですが……」

「ん？　なんだ」

「殿下は、何故私が魔獣に遭遇したあの場にいらっしゃったのですか？」

「実は貴女のことが心配で、エスタ卿に許可をもらって様子を見に行くところだったんだ。でも、医務室に行ったらイザベル嬢が来ていないと言われて、迷子になったのかもしれないと学園内を捜索していた。そうしたら廊下の隅で貴女が座り込んでいるのが見えて、何事かと思って駆けつけたんだ」

私を心配して探しに来てくれたのか、なんだか悪いことをしちゃったな。

「そうだったんですね……」

「肝が冷える思いだったよ。何故魔獣がいたのかは分からないが、貴女が無事で本当に良かった。お願いだから、もう危険な真似はしないでくれ」

ヘンリー殿下はくしゃっと顔を歪めると、私を抱く腕に力を込める。

「ご、ごめんなさい」

「ふふ、約束だよ」

ヘンリー殿下はいつも私を気遣ってくれる。

その優しさはゲーム補正だけではないような気がしていて、安心感を覚える。

こんなに優しい人にあまり心配はかけたくないし、もう悲しい顔をさせたくない。

そんな気持ちが行動に出てしまったのか、気付いたら私はヘンリー殿下の頬を撫でていた。

ヘンリー殿下は優しく綺麗な碧眼で真っ直ぐに私を見つめている。

「あー……えーと、良い雰囲気のところ悪いんだけど、とりあえず執務室に着いたから入ってくれる？」

ぎゃあああ⁉　そうだ、リュカ先生もいるんだった！

「はわわ、えっと、その」

「おっと、これは失礼しました」

ヘンリー殿下、対応が冷静すぎん⁉

リュカ先生に見られた羞恥心《しゅうちしん》とヘンリー殿下の冷静な対応によって、メンタルに多大なダメージを受けた私は思わず黙り込む。すると、扉を開けたリュカ先生は部屋を見ながら何か思い出したような表情をした。

「あ、そうだ。言い忘れていたけど、部屋の中ちょっと散らかっているから、荷物適当に退かして座ってね☆」

先生の言う通り、部屋は山積みの本や書類、くしゃくしゃに丸めた紙などで覆い尽くされている。

うわー、汚いな。これはちょっとどころではないのでは。

「エスタ卿、少しは掃除をしたらどうですか」

「あははは☆　分かっているんだけど、片付けが苦手なんだよね～」

ヘンリー殿下は辛うじて散らかっていないスペースに私を下ろすと、ソファの辺りの物を退かす。

そして、私を再度抱きかかえて隣に座らせるのかと思いきや……あれ、膝の上？

「殿下？　あの、私一人でも座れますが」

「イザベル嬢は腰が抜けてしまっているから動けないだろう？　この方が何かあった時にすぐ抱えて移動出来るし、私も貴女と接していられるから何かと便利だと思うんだ」

「は、はぁ」

ヘンリー殿下のよく分からない持論でなんだか言いくるめられてしまった。

もちろん今もリュカ先生がいるけど、先程もっと恥ずかしいシーンを見られていることもあり、次第に私の感覚が麻痺してきた。そのまま膝乗せ状態を受け入れていると、リュカ先生は奥の椅子に腰を下ろす。

「さて、イザベル君。何故魔獣に遭遇したのか、詳しく聞かせてくれるかな」

私は先程起きたことを掻い摘《つ》まんで説明した。

あ、そういえば、魔獣がお辞儀してくれたり背に乗せようと誘導してきたりしたんだよね。

そのことも先生に話してみようかな。

「リュカ先生。魔獣がお辞儀をしたうえに、背に乗せようと誘導する仕草があったのですが、魔獣ってこちらが危害を加えなければ大人しい生き物なのでしょうか？」

リュカ先生はふむ、と何か考え込む。

「いや、そんなことはない。通常、魔獣は人を見つけると襲い掛かってくるよ」

「そうなんですか？　でも、私が遭遇した魔獣は私には襲い掛かってきませんでしたし、最初はとても大人しかったんです。魔獣の中には敵意がないタイプがいるということはありませんか？」

「残念なことに、魔獣と人は相容れない存在なんだ。僕もイザベル君と同じ闇の魔力持ちだけど、友好的な態度を取る魔獣になんて会ったことないし、そんな話も聞いたことがないよ。だからイザベル君の話は非常に興味深い」

「イザベル嬢も見ただろう？　魔獣が警邏《けいら》隊員に襲い掛かる姿を」

確かにヘンリー殿下の言う通りだ。でも、無差別に人に襲い掛かるのであれば、何故あの魔獣は私を襲わなかったのだろう。

「これはまだ公《おおやけ》にしていない情報なんだけど、昨日から微弱ながらも魔王の魔力が感じられるんだ。もしかしたら、今回の事件と何か関係しているかもしれない」

魔王とは魔獣達の頂点に君臨し、魔獣達を束ねている存在のことを指す。

人と敵対する性質のため、魔王の動向を把握し制御する目的で魔法省が設立されたという経緯がある。

「魔王？　それは本当ですか」

「ヘンリー君――いえ、ヘンリー殿下にはご報告が遅くなり申し訳ありません」

リュカ先生は、ヘンリー殿下に改まった様子で事の経緯を報告する。

「事実確認をしてからご報告に上がろうと思っていました。僕の予想としては、魔王がこの国に侵入した可能性を疑っています。ただ、あくまでも可能性にとどまっていることと、人に危害を加える様子はなさそうだということで緊急性は限りなく低いと判断しています」

「そうか……あまり騒ぎ立てると、こちらの動向に気付かれる可能性がある。ここは慎重に対応いただきたい」

「承知しました。ひとまず学園内の結界をより強固なものへ変えておきます」

「ああ。併せて国境の強化も必要だな。私もすぐに手配をしよう」

何だか大掛かりな話になってきたな。

ちょっと、怖い。

そんな感情が顔に出ていたのか、ヘンリー殿下は私に優しく語りかけた。

「イザベル嬢、不安を煽るような話をしてすまない。魔王は危害を加える様子はなさそうだし、今のところは大丈夫だろう。それに、万が一の事態が起こったとしても、イザベル嬢もこの国も、私が命に代えても守り抜くと約束しよう。さぁ、公務が増えてしまったから、私は一旦王宮に戻らなければいけない。その前にイザベル嬢を医務室へ送ろう」

ヘンリー殿下は私を不安にさせまいとしてくれているのか、いつもの笑顔を向ける。

謎が残るこの事件の行く末がとても気になるけど、今は彼の優しさに甘えてしまおう。

そんなことを思いながら、私は再びお姫様抱っこで移動するヘンリー殿下に身を委《ゆだ》ねた。

幕間　障害（ヘンリー視点）

イザベル嬢を医務室へ運んだ後、私は急ぎ馬で王宮へ戻った。

イザベル嬢は大丈夫だろうか。青ざめた顔に小さく震える身体が頭に浮かぶ。

本当は彼女の側にいたかったが、それでは国を守ることは出来ない。

心配ではあるが、イザベル嬢が安心して暮らせるよう、今は私のすべきことを成さなければ。

ある部屋の前に立つと、護衛をしていた騎士の一人が中に確認を取り、恭《うやうや》しく扉を開ける。

「ヘンリーか。どうした」

ここはリスタリア国王の執務室。重厚でどこか威圧感の感じる空間は相変わらずだ。

「父上、お忙しいところ失礼いたします。少々物騒な話を聞いたものですから、父上にも報告が必要かと思いまして」

「ああ、エスタ卿が動いている件か」

「父上にも話が伝わっておりましたか」

「私が聞いたのもつい先程だがな。面倒事にならぬといいが……。国境の強化についてはヘンリーに手配を任せる。終わり次第報告するように」

「はい、父上」

「それと……これは先程耳にした話だが、婚約者のイザベル嬢とフェルナード男爵家のマリア嬢に特殊魔力があるそうだな」

「……話の伝達が早いですね」

「重要な案件だから、急ぎでこちらに回ってきたのだろう。ヘンリーよ、マリア嬢に本当に光の魔力があるならば、『巫女』で間違いないだろう。彼女を厳重に保護する意味でも、お前にはすぐにでもイザベル嬢との婚約を解消してもらいたいところなのだが」

予想はしていたが、やはりこの話になるのか。

しかし、誰に何を言われようとも私の気持ちは変わらない。

「父上、私はイザベル嬢以外の女性と結婚するつもりはありません」

すると、父上はやれやれといった様子でため息を吐く。

「だろうな。お前のイザベル嬢に対する執着ぶりは伝わってきているよ。親としてもその意向に沿ってやりたい気持ちはあるが……この国に聖女を繋《つな》ぎ留めるためにも、お前よりもマリア嬢の意思を優先せねばならぬ」

「……」

「マリア嬢がこの先どう出るかは私にも分からんが、お前との結婚を望んだ場合、イザベル嬢との婚約は解消するつもりでいる。ただし、マリア嬢にその意思がなければ、今の婚約者との結婚を認めよう。これが譲歩出来る妥協案だ。さ、用件は以上だ。すぐに公務に当たれ」

「お言葉ですが、父上――」

「聞こえなかったか？　用件は以上だ」

「……畏《かしこ》まりました」

クソッ！

本当はこの場ですぐ反論したいが、ぐっと衝動を抑える。

込み上げる怒りを何とか呑み込むと、父上に一礼して執務室を出た。

私はこの国の王太子で、この心身は国のために存在する。

マリア嬢が巫女と判明すれば、他国に巫女を奪われないためにも彼女と政略結婚をするのが妥当な判断なことくらい、私にだって分かる。

だが、それでも私は彼女を……イザベル嬢を諦めたくはない！

自室に戻った私は家臣を外で待機させると、やりきれない思いで強く壁を殴る。

こんなことをしても何もならないと分かってはいるが、そうでもしないとこの気持ちを抑えることが出来なかった。

握り締めた手を緩《ゆる》めると、鈍い痛みと共にじんわりと血が滲《にじ》む。

その色は、どことなくイザベル嬢の唇の色を彷彿《ほうふつ》とさせた。

私と彼女は一緒になれないのか……？　いや、まだそうと決まったわけではない。

父上はマリア嬢の意向を優先すると言ったのだから、マリア嬢が私との結婚を拒めばいいのだ。

イザベル嬢を手離すつもりなど毛頭ない。

たとえ婚約を解消せざるをえなくなったとしても、私はきっと最後まで足掻《あが》くだろう。彼女の側にいるために、全力を尽くすつもりだ。

……しかし、もしイザベル嬢の側にいることが叶わなかったとしたら……

それでも、私は彼女の笑顔を守りたい。それがどんな形であろうとも。

窓から見る空は青く澄み渡っている。その色はイザベル嬢の美しい髪を連想させ、思わず手を伸ばした。触れたくても触れることの出来ないその距離に、胸が苦しくなる。

つい物思いに耽《ふけ》っていると、コンコンと扉を叩く音が室内に響く。

「ヘンリー殿下、失礼します」

「やあ、アルフ。お前に堅苦しい呼び方をされると気持ちが悪いよ」

「一応王宮だからな」

「まぁ、そんなところに立っていないで座れよ」

アルフをソファに案内すると、奴はいつになく神妙な面持《おもも》ちで深々と頭を下げる。

「ヘンリー、お前がベルを助けてくれたそうだな。感謝する」

「情報が早いな。さすがはアルノー家といったところか。しかし、これから先の情報はまだ知らないはずだ」

アルフの表情が硬くなる。

「イザベル嬢から聞いた話では、魔獣は彼女にあえて接近してきた可能性がある。理由は不明だが、また同じことがあるかもしれない。それに、エスタ卿は水面下で魔王に動きがあると言っていた。事件との関連性は現段階では不明だが、魔獣と魔王は近い存在であり、動きがあった時期も直近であることから、魔王が絡んでいる可能性も含まれる」

「な、何だって⁉」

私の言葉に動揺を隠せない様子のアルフ。魔王の出方によっては国家を揺るがす事態に発展する可能性を秘めているのだ、無理もない反応だろう。

「これらはあくまで憶測の話だ。しかし、用心するに越したことはないと思ってな。今日アルフにこの話をしたのは、私と共にイザベル嬢を守ってほしいと思ったからだ」

「ヘンリー……」

「お前のイザベル嬢に対する気持ちにはとうに気付いているし、正直なところ恋敵《こいがたき》などに頼らず彼女を守りたいところだが……相手は魔獣で危険性が高い。更に魔王が絡んでいるのであれば、私一人だけでは対応しきれないことが出てくるかもしれない。その点、アルノー家は財力、権力、軍事力、どれを取っても申し分ないし、協力を求めるには適任だと判断した。それに、彼女を守る人間は近しい者の方が良いだろう」

「ああ」

「イザベル嬢を不安に思わせないよう、もし策を練るなら決して派手には動かず、水面下で行動をするように。また、情報の連携は密に頼む。追加情報が来次第、連携しよう」

「分かった。では、別件で僕からも話がある」

「何だ」

「お前のクラスで巫女が見つかったそうだな。お前の婚約にも影響が出るんじゃないか？」

ああ、やはりこの話か。

「アルフには残念な話だが、イザベル嬢との婚約は解消しない」

マリア嬢の気持ち次第で婚約するかしないかが変わることは、あえて伏せておく。敵に余計な情報を与えないのは、交渉する上での基本だ。

「チッ、国王陛下は身内贔屓《びいき》をしたのか」

「さあ、どうだろうか。父上の考えまでは私には分からないのでな」

「ふん、相変わらず食えない奴だな」

「ははは、それはお前もだろう」

「ふ、そうかもしれないな」

アルフはそう言うとさっと席を立ち、部屋から出て行った。

これで、イザベル嬢の安全面はより強固なものになるはずだ。

ふうっと小さく息を吐き、私は残りの公務に取り掛かった。

☆　☆　☆

あー眠い、今日から授業再開か。

二日前に起きた魔獣の侵入事件を受けて結界を強化するため、学園は臨時休校になった。

寮にいてもすることがないので、昨日はアルノー領に戻り、視察という名目で保育園に出掛けていたのだ。

どこから嗅《か》ぎつけたのか、寮を出るとアルフ義兄様《にいさま》はすでに私を待ち構えていて、保育園まで付いて来たのには困った。仕方ないので、私はアルフ義兄様《にいさま》の存在を半ばスルーしつつ園児達と一日中全力で遊んだ。

園児達のパワフルさに最後は疲れ果ててしまったが、とても楽しい時間を過ごした。

身体をたくさん動かしたせいか戻ってからは泥のように眠ったものの、それでも疲れが残ってしまったようで今朝はとにかく眠い。

「イザベル嬢、おはよう。なんだか眠そうだな」

「あっ、ヘンリー殿下。おはようございます」

欠伸《あくび》しているところを思いっきり見られてしまったわ。恥ずかしい！

「ふふ、欠伸《あくび》をしているイザベル嬢も可愛いな」

「もう、揶揄《からか》わないで下さい」

「揶揄《からか》ってなどいないさ。昨日は夜更かしでもしていたのか？」

「実は昨日、アルフ義兄様《にいさま》とアルノー領の保育園に顔を出してきたのです」

「ほう、アルフと」

「園児達とたくさん遊んできたのですが、あの子達はとにかくパワフルですから。しっかり寝たつもりでも疲れが残ってしまったようですわ」

「そうだったのか。ちなみにだが、身の回りで何かおかしなことはなかったか」

「え？　いつも通りでしたが」

「そうか」

何故ヘンリー殿下は私の周囲を気にするのだろうか。

よく分からないけど、ま、いっか。とりあえず教室に入ろう。

席に着き、教科書と筆記用具をごそごそと鞄から取り出していると、マリア様も鞄の中を漁《あさ》っていた。

あれ？　何か忘れ物なのかしら。必死に鞄の中を探しているようだけど、しばらくすると落胆した様子で探すのをやめてしまった。

よく見ると机には筆記用具がない。もしかして忘れてきたんじゃないのかな。

初日に私に絡んできたマリア様だったが、クラスメイト達から『公爵家に喧嘩《けんか》を売る非常識な令嬢』と認識されたようで、すっかりクラスの中で孤立していた。そのため、筆記用具を貸し借り出来るクラスメイトもいないようだった。

正直マリア様とはあまり関わりたくないけど、この状況はさすがに可哀相だ。

ここは私が表面上だけでも友好的な態度を示せば、クラスメイト達の態度も多少和らぐかもしれない。一回くらいなら貸してあげてもいいかも。

私は筆記用具を持ち席を立つと、マリア様の机にそっと置く。

「あの、マリア様。もしかして筆記用具をお忘れでしょうか？　よろしければ使って下さい」

マリア様はハッとした様子で顔を上げる。

「イザベル様、いいのですか？」

「ええ、私は少し多めに持ってきていますし、お気になさらないで下さい」

「ありがとうございます！」

マリア様は嬉しそうな様子で私にお礼を言う。

ああ、さすがはヒロイン。その笑顔が眩《まぶ》しいわ。

「では、私はこれで」

そそくさと席へ戻ると、ヘンリー殿下がひそひそと耳打ちしてきた。

「イザベル嬢、良かったのか？　絡んで来た相手に物を貸すなんて」

「私は多く持っていた筆記用具を貸しただけですし、マリア様がクラスメイトから孤立している状況がなんだか可哀相で」

「そうか、イザベル嬢は優しいな」

ヘンリー殿下と話していると何やら視線が。

ちらりとその方向を見ると、マリア様とバチッと目が合う。

マリア様はポッと顔を赤らめると、ささっと視線を逸らした。

前は近くを通ると睨まれたりすることもあったけど、何だか様子が違う。

噂話についての誤解はすでに解けているし、もしかしたらマリア様の心境に変化が出てきたのかしら。

そんなことを考えていると、教師が扉を開けて教室に入ってきた。

真面目に授業に集中していたら、あっという間に授業終了の鐘が教室に響く。

今日は臨時休校の影響かいつもより授業数が少ないため、これからの時間は自由に使っていいことになっていた。

昨日の疲れもあるから、今日は無理せず寮に帰ってゆっくりしようかな。

この先の予定を頭に浮かべつつ後片付けをしていると、マリア様がこちらに近付いて来るのが見えた。

「イザベル様、先程はどうもありがとうございました！　これ、お返しします」

「こちらこそご丁寧にありがとうございます」

「イザベル様には以前失礼なことをしたのに、こんなに優しくして下さるなんて、私はとんだ勘違いをしておりました。ごめんなさい」

おお、筆記用具の貸し借りでマリア様の好感度が上がったのかしら。

ヒロインの心証を良く出来たのなら、さっき勇気を出して正解だったわね。

「いえいえ、そんな。こちらこそ誤解を招くようなことをしていたかもしれないので、申し訳ないですわ。今後は気を付けますね」

「イザベル様……なんて器《うつわ》の大きい方なのでしょう」

マリア様、急に顔が赤くなって何やら感動している？　なんだか様子がおかしいけど、大丈夫だろうか。

「私、イザベル様のことが好きになりました！」

「はい？」

んん？　この子、今なんて言った？

「私が口にしていいことじゃないかもしれませんが、イザベル様ともっと仲良くなりたいです」

「は、はぁ」

「私とお友達になっていただけませんか？」

……はい？

この子、ヒロインだよね？

悪役令嬢の私と友達になりたいって、どーゆーこと⁇

「やっぱり、先日の一件で嫌われてしまったのでしょうか……」

「え、ええ？　えーーっと」

どうしよう、なんて答えたらいいのやら。

せっかくヒロインの心証が良くなったのに、余計なことを言って険悪な雰囲気になっても困るし。

「そ、そんなことはないですわ」

適当な言葉が思いつかず無難に返事をしたが、当の本人はほっとした様子だ。

「ああ良かった、嫌われたわけではないのですね」

この子は一体何を考えているのかしら、言動が天然過ぎて全く読めないわ。

「じゃ、お友達にもなってもらえるってことですね」

ええ⁉　その話まだ続いていたの⁉

「あの、えっと」

「イザベル様、これからよろしくお願いします！」

「ちょ、ちょっと⁉」

私の制止も虚しく、マリア様は鼻歌を歌いながら去ってしまった。

えええ、ちょっと待ってよ、何この展開⁉

ヒロインが悪役令嬢と友達になるなんて、乙女ゲームではどう考えてもないあり得ない展開じゃない。

もしかして、悪役令嬢の私が本来のストーリーと違う動きをしているせいで内容が変わって、こんな状態になってしまったのかしら。

うーん……ダメだ。そもそもストーリーが思い出せないのに、結論なんて出るわけがない。

でも、一つ確実なことが分かったわ。

この世界は、私の行動で未来を変えられるんだ。だって、そうじゃなきゃこんな展開になるはずがない。

さっきは動揺して頭が回らなかったけど、このままヒロインと仲良くすれば、断罪されることなく平和に生きられるかもしれない。

ちょっと未来に希望が見えてきた気がする！

そんなことを思っていると、教室に大柄の男子生徒が入ってくるのが見えた。

「あれ？　おかしいなぁ」

そう呟《つぶや》いたのは、アーサー様だ。またヘンリー殿下に用事かな。

アーサー様は私の隣の席までやって来ると、ガリガリと頭を掻き、何やら困った顔をしている。

「イザベル嬢、ヘンリー殿下を見ませんでした？」

実は私とマリア様が話しているうちに、ふらっとどこかへ行ってしまったのよね。多分用事があったんだと思うけど。

「気付いた時には席にいなくて、私もヘンリー殿下がどちらに行かれたか分からないのです。すみません、お力になれずに」

「そうでしたか。ところで、イザベル嬢は教室に残って何をされていたのです？」

はっと辺りを見渡すと、クラスメイトはほとんどいなくなっていた。

どうやら自席で考え込んでいるうちに、皆帰ってしまったようだ。

残りの生徒も帰り支度が済んだようで、教室から更に人気《ひとけ》がなくなる。

「えっと、少々考え事をしていまして」

「考え事？　もしかして、先日の魔獣侵入事件のことですか」

あの事件のことは教師から生徒へと伝えられているので、アーサー様の耳にも入っているのは当然だろう。

内部関係者には詳細な情報が流れているようだけど、アーサー様がどこまで知っているか分からないから、とりあえず話を合わせておこう。

「え、ええ。そんなところですわ」

「噂では魔獣に遭遇したのはイザベル嬢だとのことですが、やはり本当なのですね」

「……はい。でも周囲の人がすぐに助けに来てくれましたし、この通りぴんぴんしておりますわ」

「イザベル嬢は強いお方ですね。普通のご令嬢であれば、恐怖で学園にも来られなくなりそうな出来事なのに、さっそく授業に出席して笑顔を絶やさずにいられるなんて」

「そ、そんなことはないですわ」

確かにあの事件は怖かったけど、身に危険が及ばなかったこともあり、心配する周囲を他所《よそ》に私は授業再開の今日から学園に通っている。

もしかして、普通の令嬢はこんなに神経図太くないのかしら。

まぁ、前世じゃ嫌なことがあろうが馬車馬の如《ごと》く仕事家事育児をこなさなきゃいけなかったから、学園を休むという発想すら浮かばなかっただけなんだけど。

って、前世の境遇を思い出すとなんだか残念な気持ちになるので、別の話題を振ろう。

「それより、ヘンリー殿下にはどんなご用事があったのですか？」

「ああ、実はこの後ヘンリー殿下と鍛錬をする予定だったんです」

「まあ、そうだったのですね。鍛錬ということは、やはりアーサー様も騎士を目指していらっしゃいますの？」

「そうですね。マルク家は武闘派の家系ですから。俺……いや、私も見習いとして騎士団に所属しています」

「ふふっ、今は二人だけですし、無理して言葉遣いを直さなくても結構ですよ。確か、お父様は騎士団長でいらっしゃいましたよね。アーサー様も騎士団長になることが夢なのですか？」

アーサー様はポリポリと鼻頭を掻きながら、「では、お言葉に甘えて」と先程より幾分《いくぶん》か砕けた様子で話を続ける。

「まぁ、そうですね。実は、ここだけの話、俺は親父を超えるような存在になりたいと思っているので、騎士団長は通過点だと思っているんです」

「まあ、素晴らしい向上心ですね！　アーサー様みたいな方が騎士団長になれば、国も安泰ですわ。それに、厳しい鍛錬を積んでいらっしゃるアーサー様が学園にいてくれるだけで、私も安心して通学出来ますし」

「そ、それはどうも」

笑顔で答えるとアーサー様の顔が赤くなる。

おや？　私、なんか変なことでも言ったかしら。

「おい、アーサー。そこで何をしている」

聞き覚えのある、よく通る声。

はっとして声の方を向くと、扉にもたれ掛かるようにしてヘンリー殿下が立っていた。

ああ、びっくりした。一体いつからそこにいたのかしら。

「殿下、探しましたよ」

アーサー様が行動に起こす前に、ヘンリー殿下が先にアーサー様のもとへと近寄る。

「私を探しているという割にはイザベル嬢と仲良くおしゃべりだなんて、余裕だな？」

あれ？　なんだかいつものヘンリー殿下と様子が違う気がする。

もしかして、アーサー様が予定をすっぽかして私と雑談していたと思っているのかしら。

「アーサー様はヘンリー殿下を探して教室までいらして、たまたまそこにいた私に居場所を尋ねただけですわ」

「そうだったのか。イザベル嬢、ありがとう」

私の言葉を聞いたヘンリー殿下は、いつもの優しい笑顔を私に向ける。

良かった、誤解が解けたみたい。

「それより、イザベル嬢はまだ教室に残っていたのか。あまり遅くなると危ないから途中まで送るよ」

「寮と学園は目と鼻の先ですよ？　まだ明るいですし大丈夫ですわ」

「私が心配なんだ。貴女に何かあったらと思うだけで、生きた心地がしない」

ヘンリー殿下は私の手を取り、そっと口付けた。

アーサー様がいる前で恥ずかしい……！

しかも、ヘンリー殿下はアーサー様など眼中にない様子で私の背に手を回してくる。

ああ、このエスコート本当に慣れない！　距離が近過ぎてドキドキしちゃうんだって！

「アーサー、悪いな。イザベル嬢を女子寮の門まで送るから、鍛錬はまたの機会にするよ」

「あ、ああ」

もう！　アーサー様の目の前で手にキスしたり密着したり！

ヘンリー殿下にはもう少し節度を持って接してもらわないと、私がもたないわ。

ここは一言、ぴしっと言っておかねば。

教室を出てアーサー様から離れたことを確認した私は、ヘンリー殿下を見上げる。

「ヘンリー殿下」

「ん？　どうしたんだい、そんなむくれ顔で」

極力表情を出さないようにしていたつもりなのに、ばっちり顔に出てるし！

「む、むくれてなんていませんわ。それより、人前では節度を持って接していただかないと困ります」

私の発言を聞いたヘンリー殿下も少しむっとした様子だ。

あまりこういったナーバスな表情を私に見せないから、ちょっと新鮮だわ。

「それは……貴女が他の男と一緒にいるからだよ。あんなに親しげに何を話していたんだ」

「な、何って、その、アーサー様が騎士団長を目指していらっしゃる話をしていただけですわ」

ヘンリー殿下は立ち止まり私を引き寄せると、近くの壁に私を追いやる。

「ふうん、アーサーはそんなことを話していたのか。他には？」

こ、これは巷《ちまた》で有名（？）な壁ドン!?

きゃあああ、人生二巡目にして初壁ドン！　こんなことをされる日が来るとは!!

「あ、後は、魔獣に遭遇した話をしたら、それでも学園に行けるのは強い人だって、アーサー様が褒めて下さって……」

「そうか。話してくれてありがとう。アイツには一度釘を刺しておかないと、な」

「え？」

「いや、こちらの話だ。何でもないよ。立ち話してしまって悪かったね」

もう、いきなり壁ドンとかやめてよぉぉぉ。めちゃくちゃドキドキした。

必死に動悸を鎮めていたら、気付いた時には女子寮の前まで来ていた。

ヘンリー殿下にお礼を言って別れると、寮内で控えていたアニーがさっそく身支度を整えてくれる。

そういえば……ヘンリー殿下、釘を刺すって言ってたけど、何のことだったのかしら……

「お嬢様、着替えが終わりました。あら？　うっすらとクマが……お嬢様、もしかして少しお疲れですか？」

「ああ、昨日子供達と遊んだ疲れがまだ取れていないみたいで。でも、こんなの寝ればすぐ治るわよ」

「お嬢様の美しさに曇りがあるなんて、許せませんわ！　すぐに疲労と美容に効くマッサージをいたしますので、こちらに横になって下さいませ！」

ああ、まずい。アニーの美容魂に火がついてしまったか。

一度こうなると止めるのが大変なので、私はヘンリー殿下について考えるのを諦めて、アニーにされるがままマッサージを受けることにしたのだった。

幕間　この力を、貴女のために捧げたい（アーサー視点）

シュッ！

風を切るいい音だ。悪くない。

シュッ！

……イザベル嬢、か。

実は妹であるクロエから、以前よりイザベル嬢の話は聞かされていた。

クロエがネスメ女子修道院から帰ってきてからというもの、口を開けばイザベル様、イザベル様と、まるで女神のように讃えているので、どんな人物なのか興味があった。

ちなみに、これはクロエの名誉のために言っておくが、クロエは修道院送りになるような性格ではない。妹は、義母の手により修道院送りにされたのだ。

あの女は亡くなった母の後妻としてやって来たが、連れ子である自分の娘ばかりを可愛がり、俺と妹を蔑《ないがし》ろにしてきた。

それだけならまだしも、連れ子が身体が弱く、マルク家を継ぐことが出来ないと父上に宣言されてからというもの、俺達きょうだいに裏で陰湿な嫌がらせをするようになったのだ。

俺は騎士団の見習いとして早くから家を出て寮暮らしをしていたから、義母の毒牙にかからずに済んだが、妹のクロエは違った。

俺がいない間の話を聞くと、義母は前妻に似た容姿が気に入らないとクロエを虐《しいた》げ、しまいには私の子を叩いて怪我をさせたと言い掛かりを付けて、更生させるという名目で修道院送りにしたそうだ。

クロエは思い込みが激しい節はあるが、根は優しくて素直な奴だ。理由もなく人に手を上げるなんて、絶対にそんなことはしない。

ネスメ女子修道院送りにされて心配だったが、イザベル嬢と仲良くなったと聞き、とても驚いた。そこまで誉めそやすイザベル嬢が何故ネスメ女子修道院にいたのか、経緯についてはよく知らない。もしかしたらイザベル嬢も、クロエのように何か事情があったのだろうと思う。

そういえば、イザベル嬢はヘンリー殿下の婚約者候補だったこともあり、鍛錬の際に一度だけ釣《つり》書《がき》を見せてもらったことがあった。

想像以上にふくよかだったが、ヘンリー殿下はどうやらイザベル嬢を大変気に入ったようだった。まぁ、外見の好みは人によって違うからな……と思っていたが、実際に会った時は衝撃だった。容姿もだいぶ違っていたし、高貴な身分にもかかわらず気取ったところがなく、とても……その、好印象だったのだ。

あっ、しまった、汗が！

「……クッ！」

ガシャンッ！

鍛錬用の模擬剣が汗で手から滑り落ちる。鍛錬中に雑念が入るなんて、俺らしくない。

近くの椅子に腰掛けると、自然とため息が出る。

「はぁ、今日は集中出来ないな」

ぼんやりと先程のイザベル嬢とのやりとりを思い返す。

学園が臨時休校になる前、授業中に教師から学園内に魔獣が侵入したとの説明を受けた。

その説明を聞いた時は衝撃を受けたが、その後耳にした噂はそれを上回るものだった。まさかイザベル嬢が魔獣に遭遇していたとは。

何事もなかったとはいえ、丸腰の人間……ましてや令嬢が魔獣に遭遇した時の恐怖は計り知れない。

魔獣を間近で見たことがある令嬢などほぼいないだろうし、そもそも正確な知識を持った者が少ない。自分の命を脅《おびや》かす得体の知れないものを前にして、恐怖を感じない人間などいないだろう。

それなのに、まるで何事もなかったかのように過ごすイザベル嬢には驚いた。

あの肝の据わり方は普通の令嬢では考えられない。

イザベル嬢は、強い方だな。

そして心が強いだけではなく、とても優しい方だと思った。

俺は恵まれた体格のせいか、多くの令嬢は俺を怖がって避ける傾向がある。

しかし、イザベル嬢は俺を避けるどころか、フレンドリーな態度で接してくれた。

調子に乗った俺は、つい自分の将来について語ってしまったのだが……

『アーサー様みたいな方が騎士団長になれば、国も安泰ですわ。それに、厳しい鍛錬を積んでいらっしゃるアーサー様が学園にいてくれるだけで、私も安心して通学出来ます』

あれは、正直言ってかなり嬉しかった。

あんな言葉を掛けてくれる令嬢に未だかつて会ったことのない俺は、内心舞い上がってしまったくらいだ。

これまで騎士団長になることが当たり前だと思っていたし、それは今も変わらない。……しかし、新たな目標が出来た。

以前より誰かを守るためにこの力を使うつもりだったが、あの言葉を聞いた瞬間、出来ることなら彼女のためにこの力を捧げたいと思った。

たった数回話しただけでこんな気持ちになるとは自分でも驚くが、それだけ彼女の言動に強く心を打たれたということなのだろう。

しかし、イザベル嬢はヘンリー殿下の婚約者で、俺の出る幕はない。

ヘンリー殿下は、この気持ちにすぐに気が付いた。だから、俺の目の前でわざとイザベル嬢と仲《なか》睦《むつ》まじい光景を見せ付けてきたのだろう。

だが、心の中で彼女を崇めるのは自由だ。ヘンリー殿下が相手でもそれは変わらない。

しばらく物思いに耽《ふけ》っていたためか、身体が少し冷えてきた。

雑念だらけの今の俺では、これ以上ここにいても時間の無駄だ。さっさと切り上げて、明日からまた鍛錬に励むか……

そう思い椅子から立ち上がった時、ガチャッと扉が開く音が聞こえた。

「やあ、アーサー。まだいたのか」

「殿下、すみませんが今日はもう鍛錬は切り上げるところです。相手役はまた今度で――」

「ああ、今日の鍛錬についてはもういい。それよりお前、イザベル嬢の前では随分と流暢《りゅうちょう》に話をするんだな」

「……何のことでしょう」

「イザベル嬢を褒め、騎士団長を目指している話をしたそうだな。それに彼女と会話をするお前はなんだか浮かれているように見えたぞ」

会話の内容をイザベル嬢から聞き出したのか。

「殿下、何が言いたいのですか」

殿下は俺の前まで来ると、胸倉を掴《つか》む。

「イザベル嬢にちょっかいを出すつもりなら私も黙っていないぞ。いつでも相手になってやる」

「……俺は誓って、イザベル嬢にそんなことなどしていません。それより、手を離してもらえませんか」

「そうか。……引き留めて悪かったな」

ヘンリー殿下は手を離すと扉から出て行く。

わざわざ牽制しに来たのか。ヘンリー殿下は普段は飄々《ひょうひょう》としているが、洞察力のある方だ。あの碧眼を前にすると、何でも見透かされているような気になるな。

それほど鍛錬はしていないのに、やけに疲れを感じる。ひとまず帰るか。

汚れた剣を丁寧に拭き上げ片付けを済ませると、俺は訓練場を後にした。

☆　☆　☆

おおお！　ここが魔法省！

初めて訪れる場所に私は内心浮かれていた。

それは隣でキャッキャとはしゃいでいる、このお方も一緒なようで。

「うわぁ、高い天井！　私、魔法省に来たの初めてです！　あっ、イザベル様見て下さい！　あちらに魔道具が展示されているようですよ⁉」

「マリア様、はしゃぐお気持ちはよく分かりますが、ちょっと落ち着いて――」

「あっ、すごい！　これ、最新の魔法製品じゃないですか⁉」

私の忠告など耳に入っていない様子で、マリア様は魔法製品の展示に夢中になっている。

ちなみに魔法製品とは、魔力を保有する者が触れると動き出す道具類だ。前世で言うところの家電製品に近いが、質はそれより劣る。

そう考えると、前世って恵まれた環境だったよなぁ。それでも、今は貴族の身分だから不自由はないけども。

子供のようにはしゃぐマリア様を横目に、ふとそんなことを考える。

「あっ、リュカ先生だわ」

「本当だ！　リュカ先生ー!!」

「あっ、マリア様。そこ段差で――」

「きゃっ!?」

マリア様は言っている側から段差でつまずき、前のめりになった。

ああ、大変。転んじゃう！

私が急いで駆け寄る前にリュカ先生が手を前に突き出すと、マリア様の身体がふわっと宙に浮いた。

「もー、急に走ったら危ないよ？　ここは段差が多いんだから気を付けてね、ドジっ子さん☆」

そのままフワフワと宙に浮いたマリア様はそっと地面に下り立つ。

うわぁ、すごい。人を浮かせることが出来るなんて！

「リュカ先生すごい！　ありがとうございます」

「さて、君達は特別なお客さんだから僕の執務室へ招待しよう。こちらにおいで☆」

私とマリア様は大人しくリュカ先生の後に続く。

あれ？　なんだかやけに職員の人達の視線が刺さるけど……

「エスタ卿は今日も尊《とうと》いな」

「おい！　お前如《ごと》きがあのお方の名前を呼ぶなんておこがましいぞ！　それに、お顔を直視するなんて言語道断だ！」

「そうだ！　あのお方は我らの癒しであり、憧れ！」

「後ろの二人は、例の……」

「しっ、聞こえるぞ。静かにしろ」

なんだか濃い表現ばかりだけど、リュカ先生って魔法省の職員達から尊敬されている憧れの的みたいな存在なのかしら。

「二人とも彼らのことは気にしなくていいよ。さ、ここが僕の執務室だよ。どーぞ☆」

「ありがとうございます」

「わぁ、ここがリュカ先生の執務室……うっ！」

うわぁ、予想通りきったない部屋。

学園の執務室も汚部屋だったけど、こちらの方が酷いわね。って、マリア様、完全に固まっちゃってるよ。

「汚い部屋でごめんねー！　僕、片付けが苦手でさ。ちょっとそこの本、退かすから待っててね。よっと☆」

バサバサッと本が落ちて床から埃《ほこり》が舞い上がる。

うわぁ、後でドレスの裾しっかり払っておこう……

「とりあえずそこに座って☆　はぁ、やれやれ、少し本棚を整理しないとダメだね」

本棚の整理だけじゃ改善されないと思うんだけど、清掃は入らないのかしら。

「イザベル君、そんな顔しないでよー。ここは機密文書が多くて掃除を断っているから、なかなか片付かないんだ。ま、ちゃんと自分で掃除するよ☆　近々、そのうち、いつかね。さて、本題に移ろうか」

リュカ先生は向かいの席に座ると、じっと私達を見据えた。

いつもと違って真剣な様子に、自然と私の背筋も伸びる。

「君達は光と闇、特殊な魔力を持った選ばれし者達だ。どちらも周囲に影響を及ぼす魔法が使えるのが特徴で、使い方によっては非常に危険になる。よって、君達は僕の管理下に置くことが決まった」

なんとなく予想はしていたけど、やはり私達は魔法省の所属になるのね。

「あのぅ、そうしたら学園はどうなるんですか？」

マリア様は不安そうな顔でリュカ先生に質問する。

「通常なら王宮か魔法省に配属されてそこに常駐してもらうんだけど、君達は学園に入学したばかりだろう？　いきなり環境が変わるのも可哀相だし、幸い僕が教師として出入りしているから、通常通り学園に通ってもらって構わないよ。寮もそのまま使用して問題ないし」

マリア様はリュカ先生の回答にほっとした様子を見せる。

「君達はこれから僕の指導の下、魔法をコントロールする力を身に付けてもらう。そして、有事の際はその力を使うことになるだろう。ま、今は各国と同盟を結んでいるし、何かあれば真っ先に僕が対応するから、あまり深刻に考えなくて大丈夫だけどね☆」

リュカ先生は私達に気遣って軽い口調で話しているけど、不足の事態が起これば私も前線に駆り出されるということか。

闇の魔力があると分かってから、その心づもりはしてきたつもりだけど、面と向かって言われるとやはり重圧を感じる。

自分の命を国に捧げることは、貴族の娘として生まれたイザベルにとっては当然のことかもしれない。しかし、前世が日本人である私が受け入れるには、あまりに……重い。

話を一緒に聞いていたマリア様は戸惑う様子もなく、真っ直ぐにリュカ先生を見て話を聞いていた。

彼女は私と違って前世の記憶もないようだし、きっと普通の令嬢としてこの宿命を受け入れる下地があるのだろう。

でも、私は彼女みたいに強くない。今だって怖くて、こんな役を放棄したいと思っている。

この国は、現在は戦争や紛争などはなく平和だが、過去には激しい戦《いくさ》があった。今ではかつての敵国とも同盟を結んでいるが、その平和が一生続くとは限らない。

そう、今後再び戦《いくさ》が起こらない保証はどこにもないのだ。

「ま、こんな堅苦しい話ばかりじゃつまらないし、ちょうど良いから魔法の訓練でも——」

リュカ先生の話の途中で、扉を小さく叩く音が聞こえる。

「あれ、人払いしていたのにおかしいなぁ。誰ー？」

「エスタ卿、失礼いたします。国王陛下がお見えです」

「分かった、お通ししろ」

こ、国王陛下!? 大変、立ち上がらなきゃ!

「やあ、エスタ卿失礼するよ。うっ! 相変わらずすごい部屋だな」

「陛下、こんにちは☆ こんな場所までどうなさいました?」

「あ、ああ。マリア嬢とイザベル嬢が魔法省に来ていると耳にしたのでな。二人に用事があって出向いた」

国王陛下はそう言うと、私とマリア様に向き合った。

「フェルナード家及びアルノー家には後ほど手紙を出すが、まずは二人に話をしておく必要があると思ってな。ただ、ここだと落ち着かんな……。王宮の応接間なら茶の用意も可能だし、話が漏れる心配もない。すまないが、少し時間をもらえるか」

「畏《かしこ》まりました、陛下」

「は、はい!」

「それなら、魔法の訓練は明日からにしよっか。じゃ、二人共また学園でね~☆」

リュカ先生はフリフリと手を振りながら、部屋を出る私達を見送る。

でも、国王陛下直々《じきじき》のお話って何だろう?

私とマリア様は国王陛下の後を付いて行き、王宮へと足を踏み入れた。

王妃殿下に何度も呼び出されている私には見慣れた光景だが、マリア様は初めてのようで、緊張した面持《おもも》ちで辺りをキョロキョロと見回している。

しばらくして応接間に着くと、私達は高級そうなソファに座るよう促《うなが》され、腰を下ろした。

以前もこのソファに座ったことあるけど、ふわふわしてとても座り心地が良かったのよね。って、そんなことを考えている場合じゃなかった。国王陛下は私達にどんなご用があるのかしら。

「突然呼んでしまいすまないね。家同士の揉め事に発展すると少々厄介なので、先に当人に話をしておこうと思ってな」

家同士の揉め事、ということは……

「話とは、我が息子ヘンリーとの結婚に関することだ」

ああ、なるほど。

マリア様は『巫女』だ。国のことを考えたら、その力を手放すことはしたくないはずだもの。この国に繋《つな》ぎ留めるためにも、私よりマリア様との結婚を優先するのが普通だわ。

「先日、マリア嬢に光の魔力が出現したと聞いている。マリア嬢、そなたは『巫女』だ。国を挙げて保護すべき要人である」

マリア様をチラッと横目で見たが、その表情は硬い。

「そして、イザベル嬢。そなたにも微量ながら闇の魔力があるそうだな。当然イザベル嬢も国で保護されるべき要人の一人だ。しかし、『巫女』は大変貴重であり、尊《とうと》い存在。その力は魔の森に隣接する国なら喉から手が出るほど欲しいものだ」

魔の森とは魔獣が発生する森のことであり、そこでは魔獣を生み出すための魔素が湧き出ていると言われている。

この国では今回で二人目の巫女が生まれたことになるのだが、一人目の時はその強大な力を巡って近隣国との戦争へ発展した過去があった。

「マリア嬢を守る意味でも、私は息子との結婚を勧める。もちろん、そなたの意思は尊重するし、無理強いするつもりはない」

国王陛下はそう言うけれど、貴族なら政略結婚など普通のこと。

となると、マリア嬢はヘンリー殿下との結婚を選ぶのかな。私とマリア様が友達になった今の状態なら、そうなったとしても断罪イベントは起こらないかもしれないけど……

「もし、マリア嬢が息子との結婚を望んだ場合、申し訳ないがイザベル嬢との婚約は白紙に戻すつもりだ。もちろん、イザベル嬢が不利益をこうむらないようこちらも最善を尽くす。申し分のない相手を用意しよう」

私からしてみれば断罪が起こらず平穏に過ごせるならどちらでもいい展開なはずだけど、なんだろう……この胸の痛みは。

ふと、ヘンリー殿下との思い出が頭に浮かんでくる。

あんな風に近くにいることも、もう叶わないのかな。

「私からの話は以上だ。マリア嬢、結論は急がないが考えておいてくれ」

「はい、分かりました」

マリア様の返事を聞いた国王陛下は席を立ち、「甘い物でも用意させるからゆっくりしていくといい」と言って、その場を後にした。

「イザベル様、急な話でびっくりしましたね！　でも、私は別にヘンリー殿下とは……って、イザベル様、大丈夫ですか⁉」

「え？」

ふと下を見れば、点々とドレスに出来た小さなシミ。頬には濡れた感覚がある。

手でそっと撫でてみると指先に水滴が付いた。

え。まさか私、泣いている⁉

「め、目にゴミでも入ったようですわ。鏡で確認をしたいので、私はこのまま帰りますね。マリア様はどうぞ、私にお気遣いなくゆっくりなさって下さい」

「イザベル様……」

私がこんな状態でいたら、マリア様の決断に影響を及ぼしてしまう。マリア様と一旦別れて落ち着こう。

さっと席を立ち、私は応接間を出る。

そして人目につかない場所まで行き、涙を拭《ぬぐ》っていると、向こうの方から足音が聞こえてきた。

まずい、誰か来ちゃった。早くハンカチをしまわなきゃ。

「イザベル嬢か？」

ゲッ！　よりにもよってヘンリー殿下が登場とか、タイミング悪っ！

「どうした、こんな場所で。何かあったのか？」

「あの、その」

「これは……涙？　怪我でもしたのか？　それとも誰かに何か言われた？」

ああ、どうしよう、さっそく泣いているのがバレた。なんて誤魔化そう。

「イザベル嬢、今まで誰といたか教えてくれないか」

「こ、国王陛下とマリア様でございます」

国王陛下と聞いた途端、ヘンリー殿下の顔が険しくなる。

「父上、先手を打ってきたな……」

せんて、とは一体何のことだろう？

「父上から婚約解消の話を聞いたのだろう？」

「な、何故それを」

「父上が二人に話す内容など大体想像が付く。イザベル嬢、誤解をしないでほしいのだが、私は貴女との婚約を解消する気はない」

「え？　でも……」

「確かにマリア嬢の意向次第では結婚が難しくなるのは事実だ。しかし、私は最後までイザベル嬢との結婚を諦めるつもりはない」

ヘンリー殿下は指先でそっと私の目元に残った涙を掬《すく》う。

「マリア嬢は折を見て説得するつもりだ。そう簡単に婚約解消などさせるものか」

そう言ってそのまま私を引き寄せると、力強く抱き締めた。

「イザベル嬢、不安にさせてすまない。私は貴女のことを大切に想っているし、この気持ちに嘘偽りはない」

いつものヘンリー殿下の香りに包まれる。いつもなら慌てて離れるところなのに、今日は抵抗する気が起きない。

どのくらい経っただろう。しばらく身を委《ゆだ》ねていると、ヘンリー殿下は名残《なごり》惜しそうにゆっくりと身を離した。

「あまり外にいると冷えてしまう。風邪を引くといけないから寮に戻ろう」

そう言って、ヘンリー殿下は私を女子寮まで送ってくれた。

そして女子寮の門前で、まるで別れを惜しむかのように再度私を抱き寄せたのだった。

☆　☆　☆

魔法省を訪問してから数ヶ月が経った。

学園の廊下を歩きながら、最近の出来事についてぼんやりと考える。

国王陛下から話を聞いたあの日、私はどこか上の空のまま寮へ戻った。

その日は一日何もする気が起きず、ただ寮の窓から見える景色をぼんやり眺めているだけだったが、翌日から雑念を振り払うためにひたすら勉学に励んだ。

幸いにもあの日以降、ヘンリー殿下が公務で学園に不在がちになったことと、更にリュカ先生の個別授業がマリア様とは別々に行われたこともあり、比較的落ち着いて過ごすことが出来た。

マリア様は私と話をしたそうな様子を見せていたが、休憩のたびにクロエ様が私のもとへ来るため声を掛けにくいようで、全く会話していない。

このままじゃいけないのは分かっているんだけど、なんとなく気まずくてズルズル来てしまったのよね……

教室に近付いた辺りで、遠目に人集《ひとだか》りが出来ているのが見えた。

そういえば今日は試験の結果発表の日だった。貼り出された試験結果表の前に群がる生徒達の合間を縫って進むと、クロエ様が興奮した様子で私に声を掛けてきた。

「イザベル様、さすがですわ！」

「え？」

「試験結果、イザベル様は学年一位でしたわ！」

え、そうなの!?　確かに試験の問題はそこまで難しくなかったけど、まさか一位になるなんて。

でも、考えてみれば、そうおかしいことではないかもしれない。

だって私、保育園や学園の経営でアルノー領に出入りする以外はずっと勉強していたし。

それに、イザベルは長年家庭教師が付いていて元々頭が良かったようで、勉強をすればすぐに知識が吸収されていくのだ。

前世では頭の固い中年女だったこともあり、まるでスポンジが水を吸うように知識が吸収される頭脳に感動を覚えて、ひたすら机に向かい勉強をしていたのよね。

さて、念のため自分でも試験結果を見ておこうかしら。

おお、学年二位はヘンリー殿下か！

王太子で頭脳明晰《ずのうめいせき》なんて、さすがは攻略対象者だわ。

三位はマリア様なのね。顔もかわいいけど頭も良いなんて、やっぱりヒロインね。

そんなことを思いながら結果を眺めていると、不意に肩を叩かれる。

久々に見るヘンリー殿下だ。

「イザベル嬢は学年一位か。すごいな、おめでとう」

「ヘンリー殿下は二位ですし、点数もほとんど差がないですわ」

「点数差なんて関係ないさ、一位を取れることがすごいんだから。婚約者の私も鼻が高いよ」

そう言って、ヘンリー殿下は後ろからそっと髪に口付けを落とす。

ひゃあっ、マリア様も見ているし、朝から濃厚接触は困る。

思わず距離を取ると、ヘンリー殿下は少し寂しそうな表情で私に触れる手を引っ込める。

「すまない、最近あまり学園に来られなくてイザベル嬢に触れるのも久々だったから、歯止めが利かなくなってしまった」

ヘンリー殿下に触れられるのは嫌いじゃない。

でも、そのうち婚約解消になるかもしれないと思うと、つい距離を取ってしまう。

「ヘンリー！　ここは学園だぞ。それに、気安くベルに触るな」

明らかに不機嫌そうなアルフ義兄様《にいさま》がやって来た。

ああ、この二人はどうしてこう険悪になってしまうのだろうか。

「やあ、アルフ。ここは一年の教室だが、場所を間違えていないか？」

「今日はこの教室に用があって来たんだよ」

「ほお。一体何の用だろうか」

アルフ義兄様《にいさま》は、ヘンリー殿下に向かってニヤリと不敵な笑みを浮かべる。

「実は生徒会役員を決める時期が来たので、僕から推薦したい生徒に声を掛けに来たところなんだ」

アルフ義兄様《にいさま》は私の前に来ると、にっこりと笑う。

え。何か嫌な予感がするけど、まさか……

「ベル、君が生徒会役員に選ばれた。これから僕と一緒に頑張ろうね」

ええっ、私が生徒会役員!?

前年度アルフ義兄様《にいさま》も役員をやっていたけれど、私にそんな大役務まらないわ！

「アルフ義兄様《にいさま》、私ではきっと力不足ですわ」

「何言ってるの、君は今期の試験で学年首位だし、家柄だって申し分ない。僕の推薦もあって決まったことなんだから、兄妹仲良く頑張ろう」

アルフ義兄様《にいさま》の推薦!?　ちょっと、余計なことをしないでー！

隣で私達の会話を聞いていたヘンリー殿下が、ジト目でアルフ義兄様《にいさま》を見る。

「お前、生徒会長の特権を濫用したな」

「言い掛かりをつけるのは止めてくれないか？　ベルは成績優秀で、学園での生活態度も高評価だ。優秀な生徒を役員に推薦するのは当然のことだろう」

「くっ」

アルフ義兄様《にいさま》は悔しそうにするヘンリー殿下の様子を見て、ふっと鼻で笑う。

「僕は他の生徒にも話があるから失礼するよ。ああ、ベルは授業が終わったら生徒会室に来るように」

「は、はい……」

まさか学園でアルフ義兄様《にいさま》と一緒の時間が増えるだなんて。教室にはマリア様もヘンリー殿下もいるし、変に断罪フラグが立ったりしないといいけど。

ううう、勉強を頑張ったことが断罪フラグの懸念材料になるなんて、そんなのあんまり過ぎる！

内心で焦る私に、ヘンリー殿下が心配そうな目を向ける。

「そういえば、イザベル嬢は生徒会室の場所は知っているのか？」

「行ったことがありませんわ」

「そうか。なら、放課後に一緒に行こう。案内してあげる」

「ありがとうございます」

場所を案内してくれるのはありがたいけど、ヘンリー殿下は役員ではないのに一緒に行っても大丈夫なのかしら。まぁ、中に入らなければいいのかな？

そんなことを考えていると、廊下に予鈴が響き渡る。

「さ、私達も教室に入ろう」

ヘンリー殿下は扉を開けて私を中へ促《うなが》した。

☆　☆　☆

授業が終わり、私はヘンリー殿下のエスコートのもと生徒会室まで足を運んだ。

扉を開けると、どうやらすでに人が集まっているようで賑やかな声が部屋に響いている。

どんな人が参加しているのかな。ちょっとドキドキする。

声がする方を覗き込むと、見知った顔ぶれが談笑していた。

アルフ義兄様《にいさま》、アーサー様、マリア様、クロエ様、リュカ先生って……ええ？　なんでみんなここにいるの??

「きゃ、イザベル様♡　ここでお会い出来て、クロエは感激しておりますわ！」

「私も嬉しいです～！」

「クロエ様にマリア様……もしかしてお二人とも役員に選ばれたのですか？」

「そうなんです。イザベル様とはクラスが離れてしまって残念でしたが、生徒会で一緒になれるなんて嬉しいですわ♡」

クロエ様と会話をしている傍《かたわ》らで、ヘンリー殿下はちゃっかりソファでお茶を嗜《たしな》んでいる。

「ヘンリー、何を優雅に茶を飲んでいるんだ。ここは部外者は立ち入り禁止なんだから早く出て行けよ」

「アルフ、失礼な。私はイザベル嬢の婚約者だから部外者などではないぞ」

「生徒会とそれは無関係だろうが！　さっさと出て行け！」

「おや？　私は王族だぞ。生徒会長とはいえ、お前から指図される覚えはないが」

「くっ、こんな時ばかり王族の権利を主張しやがって」

「それはお前も似たようなものだろう」

「はいはいはーい☆　みんな静かに」

リュカ先生はパンパンッと手を叩いて、全員の注目を集める。

「特にそこの男子二人は言い合いしないの」

「そうそう、殿方の喧嘩《けんか》は見苦しいですわ。そんなむさ苦しい殿方達より、女同士で仲良くしましょ。ね、イザベル様」

「ク、クロエ様」

この美男子達をむさ苦しいの一言で一蹴するとは、クロエ様強過ぎる。

「あのぅ、私もイザベル様のことをお慕いしているので、仲間に入れてもらいたいです」
マ、マリア様まで何を言ってるの⁉　ってか、これは何の話し合い⁉
生徒会とはおよそ無関係な会話に、近くにいたアーサー様が呆れた様子で口を挟む。

「おいおい、そんなことを言うために今日集まったわけじゃないだろう。みんな落ち着けよ」

「これは負けられない戦いなのです！　ヘタレなお兄様は黙っていて下さいな！」

「ク、クロエ……」

ええっと、こんなにまとまりがないメンバーの中で、私はどうしたら良いのかしら。

「うーん、みんな個性が強くてバラバラだねぇ☆　とりあえず今日は今年度の生徒会の活動について集まったんだから、それについて話したらど〜お？」

おお、リュカ先生、ナイスフォロー。

「それもそうですね。では、昨年度と同じくまずは役決めをしたいと思う」

アルフ義兄様《にいさま》は去年も役員をしていることもあり、流れがよく分かっているのだろう。

周囲も特段反対意見はないようで、順調に役決めについての話し合いが行われる。

「次にベルですが、彼女は優秀な生徒なこともあり、副会長役をお願いしたいと思う」

「「「ちょっと待った!!」」」

うわ、いきなり何事⁉

皆が一様に声を上げるものだから、驚いて身体がビクッて動いちゃったじゃない。

「アルフ、お前のその役決めには下心があるだろう。イザベル嬢と一緒にいたいだけなんじゃないか？」

「おいおい、ヘンリーは生徒会役員ではないだろう、口出ししないでくれないか」

「だがメンバー達も不満そうだぞ」

「では理由を述べよう。ベルは成績首位の優秀な生徒であり、来期の生徒会長に選ばれる可能性が高いんだ。そうなった時に困らないよう、まず生徒会長である僕の下でじっくり学んでだな……」

「私もその役決めには疑問を感じますわ。イザベル様は闇の魔力をコントロールするため、現在リュカ先生の個別指導を受けていると伺《うかが》っております。多忙なイザベル様に大きい役を与えたら負担になってしまいますわ。それにお兄様とはいえ、イザベル様の独り占めはずるいです！」

「そうです、そうです！　私もリュカ先生の個別指導を受けているので分かりますが、放課後に時間を作らなければいけませんし、負担になるのは良くないです！　そして、イサベル様と仲良くする時間はみんな平等にあるべきです！」

「……俺も、皆の意見に賛成だ」

発言権のある全員が揃って否定意見とは……

役職にこだわりはないし、何でもいいと思っているのだけど、どうしたらいいのかな？

「うーん、そうだねぇ。イザベル君とマリア君は、魔力のコントロールをしっかり身に付ける必要があるから、なるべく放課後は空けていてもらいたいかな☆」

リュカ先生の意見を聞いたヘンリー殿下がふっと鼻で笑う。

「アルフ、残念だったな。エスタ卿もそう言っていることだし諦めろ」

「くっ、余計な口出しをしやがって」

「じゃ、イザベル君とマリア君は副会長以外の役職にして、残りの人達で副会長を決めたらいいんじゃない☆」

「……となると、アーサーとクロエ嬢しかいないな。アーサーはアルフと同じく来年卒業だし、任期を考えるとクロエ嬢が妥当か？」

「ヘンリー、何故部外者のお前が決めるんだ」

「まーまー、二人共☆　クロエ君、副会長役の引き受けについて、どう思う？」

「私でよろしければぜひお引き受けしたいと思います。イザベル様のお兄様といえども、独り占めはさせませんわ！」

クロエ様が副会長役をあっさり引き受けたため、アルフ義兄様《にいさま》は私を副会長にすることを諦めたようだ。

「……では、副会長役をクロエ嬢にお願いしよう」

「畏《かしこ》まりました。ささ、残りの役をちゃっちゃと決めてしまいましょ！」

ク、クロエ様、強い。

生徒会長にもかかわらず、周りの妨害により自身の意見を通せなかったアルフ義兄様《にいさま》は、どこか残念そうなオーラを出しつつも役決めを再開させ、無事に今期の役回りが無事に決まった。

「では皆さん、今期はこの役職でお願いします」

はぁ、やれやれ。無事に決まって良かった。

ほっとしつつ席を立つと、側にいたクロエ様が声を掛けてきた。

「イザベル様、ご相談があるのですが……」

一体何かしら。クロエ様の表情を見る限り、悪い話ではなさそうだけど。

「数日前に用事があって外出したのですが、その際ネスメ修道院の近くを通りかかったのでご挨拶《あいさつ》に伺《うかが》ったのです」

「まぁ、そうだったのですね」

いいなぁ、私も修道院のみんなに会いたい。

「そこでルーシーさんにお会いしたのですが、今修道院内で子供達に向けての催《もよお》し物を企画しているそうなんです。同じような企画だと子供達も飽きてしまうから何か良い案はないか、と聞かれまして」

ああ、そういえば孤児院で定期的に催《もよお》し物やっているってルーシーさんが話していたな。

孤児院で働いていた時に私も準備をしていたけど、開催前に悪天候が続いて結局延期になってしまったのよね。

「その場で良い案が思い浮かばず、何かひらめいたら手紙を出すと約束したのですが……お恥ずかしながら、その後も全く考えつかなかったのです。一緒に働いていたイザベル様なら、何か良い案をお持ちかもと思いまして」

うーん、催《もよお》し物かぁ。子供達がまだ一度も経験したことがない内容が良さそうかな？

でも、この世界ではこの時期に特別なイベントってないのよね。前世だとちょうどハロウィンの季節なんだけど。

……ハロウィンか。この案はいいかもしれない。

「あの、それでしたら今思い付いた案がありますわ」

「まぁ、さすがはイザベル様！」

「おや、二人で何を話しているんだい？」

私達の会話が聞こえていたようで、ヘンリー殿下が話に加わってきた。

「実は、ネスメ女子修道院の孤児院で開催する催《もよお》し物について相談していましたの」

「へぇ、面白そうだね。せっかくだから生徒会の役員達も加わって、皆で手伝うのはどうだろう？」

ああ、それなら人手もあって助かるわね。

私達の話を聞いていたアルフ義兄様《にいさま》もうんうんと頷く。

「そうだな、慈善事業の手伝いなら生徒会活動のアピールにも繋《つな》がるし、僕も賛成だ。他のメンバーはどうだろうか」

アルフ義兄様《にいさま》の言葉にマリア様とアーサー様も頷く。

「いいですね、楽しそうです！」

「力仕事なら任せてくれ」

「皆さんありがとうございます！」

わぁ、みんなが手伝ってくれて嬉しいな。

試験も終わってちょうどいいタイミングだし、これを機にもっと頻繁に孤児院に顔出しが出来そうだわ。

こうして、次回の活動は孤児院のイベントに決まった。

☆　☆　☆

ゴトゴトと馬車に揺られつつ、外の景色を眺める。

生徒会の役決めが終わった後、私は前世のハロウィンからヒントを得て仮装パーティーを企画した。

私のざっくりした案から、アルフ義兄様《にいさま》が皆の意見を纏《まと》めた提案書をパパッと作成してくれ、クロエ様経由でルーシーさんに話をしてもらった。すると、すぐに「案を採用したいから、是非孤児院に来てほしい」とルーシーさんから返事があったのだ。

企画する段階から思ったことだが、ここのメンバーは非常に優秀な人達ばかりで、あっという間に私の企画は実現して、本日無事にイベント当日を迎えることが出来た。

「緊張しているのかい？」

「ええ、ちょっと」

隣に座るアルフ義兄様《にいさま》に声を掛けられる。

今日はイベント用に実家から融通《ゆうずう》してもらった物があるので、アルフ義兄様《にいさま》と私は実家で使用している馬車で移動しているのだ。

しばらく車窓から外を眺めていたら、ネスメ女子修道院が見えてきた。

門前で停まった馬車から降りると、すでに生徒会の皆は現場に到着していた。

「イザベル様とアルフレッド様が来たわ」

「お二人ともこっちですよー！」

クロエ様とマリア様が元気良く手を振って、こちらに向かってくる。

「クロエ様、マリア様、ごきげんよう」

「ついに本日ですわね」

「ええ、そうですね。みんな喜んでくれると良いのですが」

ちなみに仮装パーティーにしたものの、子供達全員に本格的な衣装を用意するとなると時間も予算もかかる。そのため、各々《おのおの》の家で古くなったシーツやいらなくなった布を提供してもらい、普段の服の上から巻き付けたり布同士を縛ったりするだけで簡単に出来る仮装を提案した。

子供だましではあるが、費用もかからず大掛かりな準備も必要ないため、ルーシーさんを始めとした修道女達は喜んで受け入れてくれた。

まぁ、前世で言うところの段ボールや紙を使った工作をイメージしながら提案しただけなんだけど。

それにプラスして事前に食材を修道院に寄付し、そこの食堂で大皿メニューを作ってもらっている。場所については子供達へのサプライズの意味も込め、食堂の喫茶スペースで行うことにした。

女子達でわちゃわちゃしていると、私達の到着を聞きつけたルーシーさんが修道院の中に案内してくれる。

「皆様、本日は企画から準備まで全てをご提供下さりありがとうございます。修道女一同感謝しております」

ルーシーさんのお礼の言葉の後、生徒会を代表してアルフ義兄様《にいさま》が挨拶《あいさつ》をする。

「こちらこそ、生徒会活動の場を提供して下さり感謝します」

「事前に寄付いただいた布で子供達の仮装は大方終わりました。あとは会場の設置だけなので、手の空いている修道女達を呼んでいます」

「ご協力いただきありがとうございます」

馬車には会場の飾り付け用の荷物を積んでおり、荷降ろしがあるため、修道女達と総出で準備を進める。

「イザベル嬢、この菓子はここに置いていいかな？　王宮からの寄付で菓子をたくさん積んできたんだ」

「ヘンリー殿下、こんなにたくさんのお菓子ありがとうございます！」

「イザベル嬢、仮面や小道具も追加で持ってきたのだが」

「まぁ、アーサー様まで」

皆が予想以上にたくさんの物を寄付してくれたおかげで、殺風景だった食堂が一気に華やぐ。

「あら、とっても素敵な会場！　皆様どうもありがとうございます」

飾り付けを見たヴァレリー院長は、感嘆した様子で私達に話し掛けてきた。

「準備が落ち着いたら、お茶でもいかがでしょうか。執務室にお茶のセットがございますのよ」

ヴァレリー院長は相変わらずマイペースな様子で皆にお茶を勧める。

大方の準備は終わったけど、最終確認がまだ済んでいない。

それに、婚約の件でヘンリー殿下とマリア様にどう接していいのか迷っていることもあり、少し二人と距離を取りたいと思ってしまう。

マリア様もヘンリー殿下と私が側にいると、なんとなくそわそわしているので、彼女の方も気になっているのかもしれない。

「私は最後にやり残しがないか確認をしてくるので、皆様は先に行っていて下さい」

最終チェックは本当は誰でも出来るけど、なるべくあの二人と一緒にならないようそう言って、一度皆と離れる。

会場に戻って事前に持って来ていたチェック表をポケットから取り出すと、それを元に漏れがないか確認をしていく。

格式高い貴族のパーティーほどではないが、大皿料理にたくさんのお菓子達がテーブルに並ぶと、ちょっとしたティーパーティーのようだ。

当初予定していたよりも豪華な会場になったので、お手伝いしてくれた修道女達は非常に喜んでいた。

一通り確認を終えたので、みんなと合流するために院長の執務室へ向かう。

扉を開けると、非日常の光景が目に飛び込んできた。

色とりどりの仮面を装着した男性陣に、何故か動物の耳らしきものを頭に付けたマリア様とクロエ様。ヴァレリー院長まで頭に何か被っている。

「イザベル様、ご苦労様です。実は今、皆さんと仮装を楽しんでいたのですよ、おほほほ」

ヴァレリー院長が話すたびに、頭に乗せた角らしきものも一緒にピコピコ揺れる。

ああ、このヘッドアイテム、前世で昭和のアイドルユニットが宇宙人をテーマにした曲を歌う時に身に付けていた衣装にちょっと似ているかも。

宇宙人なだけに、触角から電波とか出てそう……っていやいや、気にするのはそこじゃなかった。

「あ！　せっかくですしイザベル様も仮装をされてはいかがですか？　こちらに小道具がたくさんありますよ」

「マリア様、私は大丈夫ですわ」

「まぁまぁ、イザベル様、そうおっしゃらずに。パーティーの時くらい楽しみましょ。おほほほ」

ヴァレリー院長はそう言って、ノリノリでヘッドアイテムらしきものを漁《あさ》る。

「そうです、そうです！」

「で、でも」

「イザベル様には色々お手伝いいただきましたし、後は内部の者達で充分対応出来ますわ。あら！このヘッドアイテムなんてどうかしら」

「まぁ、イザベル様に似合いそう！」

ヴァレリー院長を筆頭にマリア様とクロエ様も加わって、ワイワイと楽しそうに私の仮装アイテムを見繕《みつくろ》い出した。

待て待て、本人そっちのけで話を進めないで!?

「あちらに鏡があるので合わせてみましょう」

「ヴァレリー院長、え、あの」

えええ、こんな展開聞いてない！

半ば強引に姿見のある場所まで追いやられる。

男性陣もこの女性陣の勢いに負けて仮装をさせられたようで、先程から視線で助けを求めても哀れみを含んだ目を返されるばかりだ。

抵抗を諦めた私は着せ替え人形のように、ヴァレリー院長達にされるがまま仮装することになった。

「わぁ、イザベル様可愛いです！」

「マリア様の言う通り、とってもお似合いですわ！　さ、会場に移動いたしましょう」

頭には長い耳がゆらゆら揺れ、ドレスの上から白いケープのようなものを被せられ、うさぎちゃん姿に変身した私が姿見に映る。

うう、恥ずかしい。

「こ、これで本当に会場入りするのですか？」

「大丈夫です、もっと自信を持って下さい！」

マリア様の意見に、ヴァレリー院長とクロエ様はうんうんと力強く頷く。

やれやれ、まさか自身が仮装をさせられるなんて思ってもみなかったわ。

「イザベル嬢、可愛いな。貴女はそのような物を着けていなくても美しいが、今日は美しさと可愛さが相まってまるで天使のようだ」

「ベル、ウサギの耳似合ってるよ。もちろん、耳だけじゃなく君自身も愛らしいけど」

「俺も、その……今日のイザベル嬢のウサギ姿は可愛くて良いと思う」

「あ、ありがとうございます」

前世ではあまり容姿を褒められたことがなかったので、男性陣からも褒められるとなんか照れてしまう。

そんなやりとりをしつつ会場に向かうと、ちょうど子供達も会場に到着したようでキャッキャとはしゃぐ声が響き渡っていた。

「あっ！　ベルだ！」

「うさぎしゃんの耳つけてる。かわいい！」

「ねーねー！　僕達仮装したんだよ！　見て見て」

ルーシーさんからの意見もあり、子供達用に提供したのは無地の布だったが、そこから子供達は各々《おのおの》装飾を施《ほどこ》したようだ。

絵の具で手形や足形を付けたり、絵を描いたりと、どの子達もカラフルな布に身を包んでいる。

「まぁ！　皆とっても上手に色付け出来ているわ！　素敵ね」

「えへへ、すごいでしょ！」

それぞれの個性豊かな作品を褒めていると、院長がパンパンッと手を叩き皆の注目を集める。

「さぁさぁ、皆さん！　楽しいパーティーの始まりの前にご挨拶《あいさつ》があります。今日はイザベル様が企画して下さり、ここにいる皆様のご支援で実現しました。心から感謝しましょうね」

「ありがとうございますっ」

子供達は元気の良い声で私達に感謝の言葉を伝える。

ああ、嬉しい。こんなに喜んでもらえるなんて。

当初はノリで企画の提案をしちゃったけど、皆のおかげでちゃんと形になって本当に良かった！

「では、さっそくパーティーを始めましょう！　皆さん、好きなお料理を取ったらきちんと座って食べましょうね」

「はーい！」

子供達が一斉に大皿の料理やお菓子に群がる。

「わぁい、美味《おい》しそう」

「お菓子食べる！」

美味《おい》しそうな料理やお菓子に夢中の子供達がいる一方、ファッションショーを始める子供達もいた。

「ねぇねぇ、可愛いでしょ」

「あたしの仮装も綺麗なの。ほら見て」

子供達が喜んでくれる姿が私にとっては何よりの報酬だ。

ほっこりした気持ちで子供達の様子を見ていると、生徒会メンバーに興味を持った子達が寄ってきた。

「お兄ちゃんも、仮装してる！」

「顔に着けてるのなぁに？　かっこいい！」

「お、これか？　坊主も着けてみるか？」

「わーい！」

アーサー様は無愛想に見られがちだけど、意外と子供達——特に男の子から好かれやすいようだ。

「ねーねー、お兄ちゃんは王子様なの？」

「ん、そうだね」

「すごーい、本物の王子様だ！　わたし、王子様と結婚するのが夢なの！」

「可愛いレディからの求愛、とても嬉しいよ。でも私にはすでに心を捧げると決めた相手がいるんだ。だから結婚することは出来ないが、君が安心して暮らせるよう頑張るよ」

「きゃあ、かっこいい♡」

ヘンリー殿下は相変わらずキラキラ王子スマイルと紳士的な態度で、周囲の人達、特に女性陣を魅了している。

「おにーちゃんのそれ、何か書いてある」

「ん、ここかい？　これは大陸語で仮面と書いてあるんだよ」

「おにーちゃん、字が読めるの？　私にも教えて！」

「いいよ。ではここに文字を書くから、一緒になぞってみようか」

アルフ義兄様《にいさま》は手のかかる私がいたこともあって、年下の子の面倒を見るのが上手みたい。

子供達への接し方が三者三様で面白いな。ふふ、この様子なら三人ともパパになっても、しっかり子供と向き合えそうね。

そんなことを思いつつ様子を眺めていると、子供達にドレスの裾を引っ張られた。

「ベル、あーそーぼ」

「あら、もう食事はいいの？」

「うん！　余ったお菓子は後でお部屋でも食べてもいいってルーシーが言っていたから！　今日は特別なんだって」

「まぁ、それは良かったわね。じゃあ何して遊ぼうか」

「あ、ズルーイ！　あたしも一緒に遊ぶ」

気付くと私も子供達に囲まれてしまったので、一緒にパーティー会場を巡ることにした。

子供達の相手をしつつ、ちらりと横目で生徒会メンバーの様子を窺《うかが》うと、それぞれ子供達とのやりとりを楽しんでるようだ。

そのまま時間を忘れて子供達と夢中で遊んでいたのだが、ふと目に入った時計で終了時間が迫っていることに気付く。

楽しい時間はあっという間だなと思いつつ、悔いの残らないよう最後まで子供達と触れ合った。

時間になると子供達は余ったお菓子を手に取り、孤児院へ戻っていく。

この後は会場の後片付けがあるが、夕食までは時間があるのでそれまでに元通りにすればいい。

残った修道女達は余った食事を楽しみながら談笑をしている。

生徒会メンバーは着替えているのか、それともヴァレリー院長に捕まったのか、先程から姿が見えない。

私はウサみみとケープを外すだけなので、子供達を孤児院まで見送った後は早々に仮装を解いてしまっていた。何となく手持ち無沙汰になったので、近くにある荷物でも纏《まと》めていよう。

作業をしながら、ふと今日のマリア様の様子がおかしかったことを思い出す。

パーティーでテンションが上がっているだけかなとも思ったけど、私とヘンリー殿下を見かけるたびに何かを話したいそぶりを見せていたので、心に引っ掛かっていた。

「……嬢。イザベル嬢」

「は、はい！」

背後から声を掛けられ振り返ると、仮装を解いたヘンリー殿下が立っていた。

「マリア嬢が我々に用があるみたいだよ」

「え？」

ヘンリー殿下の背後に困り顔のマリア様がいることに気付く。

もしかしてヘンリー殿下より先に、マリア様が私に声を掛けてきたのかしら。考え事をしながら手を動かしていたから気付かなかった！

「ごめんなさい！　ぼんやりしていて気付きませんでした」

「こちらこそ、急にお声掛けしてごめんなさい」

マリア様はいつもよりどこか畏《かしこ》まった様子だ。

「お二人にお話があるのですが、少しお時間をいただいてもよろしいでしょうか」

「はい、大丈夫です」

「私も問題ないよ」

ただ、ここには修道女達がいるから話す内容が筒抜けになってしまう。どこか適当な場所はないだろうか。

あ、そうだ。中庭の隅に子供達の見守りの時に使用していた休憩所のような離れがあった。

今日は一日パーティーで子供達も疲れているだろうし、さすがに中庭遊びはしないはずだ。

「では、中庭にある離れはいかがでしょうか？　今日はさすがに外遊びをする子供もいないと思いますし」

「イザベル様の意見に賛成です。そうしましょう！」

「そうだな、イザベル嬢の言う通りにしよう」

三人で食堂を出て、中庭に向かう。

私の予想通り子供達は部屋で過ごしているようで、中庭には誰もいない。

離れの椅子に腰を下ろすと、一呼吸を置いたマリア様が神妙な面持《おもも》ちで私達を見据える。

「すみません、急にお呼び立てしてしまって。お二方には一度この話をしておきたくて」

この三人の中で共通する話題といえば一つしかない。

「マリア嬢。それはもしかして、婚約の件かな」

「はい」

ああ、やっぱりそうか。

これまでマリア様に聞いてみたい気持ちはあったのだけど、心の準備が出来ておらず何も話せていなかった。

「この件についてはまだ国王陛下にもお話し出来ていませんが、私の中ではすでに結論は出ています。当事者のお二人に先にお伝えしておきたかったのです」

「そうか。ちょっと失礼」

ヘンリー殿下が何やら小さく呪文を唱えた途端、キィィィイン！　という金属音が響く。

どうやら魔法を発動したようだ。

「外部に漏れると困る話なので、防音魔法を使わせてもらった。外の音は聞こえるが、我々の声は聞こえないようになっている」

おお、すごい！　ヘンリー殿下はこんな魔法まで使えるんだ。

「さて、これで心置きなく話し合いが出来る。それでは、マリア嬢。詳しく聞かせてもらおうか」

マリア様は「はい」と返事をした後、ふっと一呼吸置き語り出す。

「国王陛下からヘンリー殿下との結婚についてのお話を受けてから、私なりに考えた答えです。少し長くなりますが、大半は私の独り言だと思って聞き流していただいて構いません」

ついに結論が出てしまうのか。

国王陛下のお話があってから、私はそれについて考えたくなくて、あえて勉強や保育園の運営などの予定をたくさん入れていた。

しかし、どんなに忙しい毎日を過ごしていても、ふとした瞬間に頭を過《よぎ》るのはヘンリー殿下との今後のこと。

当初はあんなに断罪フラグを遠ざけようと必死だったはずの私が、いつの間にかヘンリー殿下の側にいることに抵抗がなくなっていた。

私を呼ぶ、低くて甘い声。

私を見つめる、透き通った碧眼。

私を撫でる、指の長い大きな手。

目を閉じればそれらを鮮明に思い出せるほどに、私はヘンリー殿下に惹かれていたのだ。

マリア様のことを考えて、ヘンリー殿下を好きになってはいけない。そう思っていたはずなのに……

「国王殿下から婚約の話を聞かされた当初は、家族の意向を尊重して、この結婚について前向きに検討していたのです。ですが……」

マリア様は申し訳なさそうな様子で私を見る。

「この話を聞いた直後に見たイサベル様の涙を思い出すたびに、本当にそれでいいのか、自問自答を繰り返していました」

ああ、やっぱりあの涙は良くなかったよね。無自覚だったとはいえ、あれでは自分が悪者みたいに感じてしまうもの。

「マリア様、ごめんなさい。あれは目にゴミが入っただけなのよ、だから気にしないで」

そう言い繕《つくろ》うけれど、マリア様は優しい笑顔を私に向けて横に首を振る。

「謝らないで下さい。故意ではないにしろ、お二人の仲を乱してしまったのは私なのですから。それに、これは私が勝手に感じたことですので、どうか気にしないで下さい」

こういう時、なんて返事をしたらいいのだろう。

押し黙っていると、マリア様はそのまま話を続ける。

「イザベル様とヘンリー殿下の仲睦《なかむつ》まじい様子は学園内でも度々拝見していたので、関係が良好なことは知っていました。ただ、お二人にはそれだけではない、何か強い『絆《きずな》』のようなものを感じたのです。例えば、今回のパーティーの企画で、イザベル様の意見をヘンリー殿下が上手く拾い上げて纏《まと》めていたのが印象的でした。ヘンリー殿下はよくイザベル様を見ているし、だからといって束縛はせず尊重していることが伝わってきました。イザベル様も、そんなヘンリー殿下のことを信用して身を委《ゆだ》ねているように感じました」

マリア様は天然女子だとばかり思っていたけど、想像以上に周りを見ていたんだ。

なんだか、私の安易な想像が恥ずかしくなる。

「両親は私の将来性に期待してこの学園に入学させました。うちは男爵家ですが経済状況があまり良くないので、きっと娘が広げた人脈を元に他の貴族との繫《つな》がりが持てることを期待していたのでしょう。育ててくれた両親には感謝していますし、楽をさせてあげたいと思っています。そんな板挟みの中で出した結論になりますが、私はヘンリー殿下との結婚を……」

ああ、どちらを言い渡されるのだろう。聞きたくない……！

「お断りしようと思っています」

「え？」

「両親や国王陛下には申し訳ないですが、イザベル様とヘンリー殿下の仲を引き裂くなんて、やはり私には出来ません。だって、こんなに想い合っているのですから」

マリア様の予想外の返事に、一気に肩の力が抜けていくのを感じる。

う、嘘。まさか、ヒロインが婚約を断るなんて。

「ですが、両親が……特にお父様が、それを許して下さるかどうか……」

困り顔になるマリア様に、ヘンリー殿下が尋ねる。

「マリア嬢のお父上は現在どんな様子なんだ？」

「お恥ずかしい話なのですが、私が『巫女』だと分かった途端、未来の王妃はマリアだとすっかり舞い上がっていて、話し合いにならない状態で」

「ふむ」

ヘンリー殿下は顎《あご》に手を当て何か考えているようだ。

「マリア嬢の状況については大方理解出来た。このままだとマリア嬢だけで説得に当たるのは難しいだろうから、私もフェルナード男爵の説得に加わりたい。直接話をしてもいいだろうか？」

「ヘンリー殿下、ご迷惑をお掛けして申し訳ございません」

「いや、気にしないでくれ。そもそも、この話にマリア嬢を巻き込んだのは私の父上だ。貴女は何も悪くない。話が拗《こじ》れる前にこちらから早急に手を打とう」

「ありがとうございます」

こんな展開、誰が想像しただろうか。

「イザベル嬢、不安にさせてすまない」

ヘンリー殿下はそっと私の目元を指でなぞる。

その指先には一粒の雫が。

私ったら、また無意識に人前で涙を!?

「あ、あの、これは……」

ヘンリー殿下は立ち上がると、私の背後からそっと抱き寄せる。

嬉しいけど、マリア様が目の前にいるから気まずい！

「貴女を二度も泣かせるなんて、私は婚約者として失格だ。本当にすまない」

マリア様は心なしか赤い顔で席を立ち、にやにやした顔で「先に食堂に戻っていますので、あとはお二人でごゆっくり」と言って去っていく。

恥ずかしいやら嬉しいやら、複雑な心境の私は思わず俯《うつむ》いた。

「フェルナード男爵は条件付きで説得すれば何とかなるだろう。父上にも話をするが、それで私達の関係が揺らぐことはないから安心してほしい」

ヘンリー殿下は腕の力を緩《ゆる》めて私の前に回り、膝立ちになる。

そして、私の手を持ち上げて薬指に口付けを落とした。

あ！　この動きは知ってる！　確か、愛の誓いというやつだわ！

ヘンリー殿下は、ふっと顔を上げて私の顔を覗きこむ。

「これまでもイザベル嬢に想いは伝えてきたつもりだが、今日正式に貴女を生涯愛し抜くと誓う。どうか、私の愛を受け入れてほしい」

まるで情熱の炎に呑まれるように、私の胸も熱くなる。

この世界は乙女ゲームの世界で、ヘンリー殿下は攻略対象者という立場。

だから、悪役令嬢である私は好きになってはいけないと思っていた。

でも、私の言動でゲームの展開は大きく変わってきているようで、未来は変えられることが分かった。

それに、ここがゲームの世界だったとしても、私達は生きた人間だ。溢れてくる気持ちも、胸の痛みも、作り物ではない本物の感情なのだ。

「……すまない、つい気持ちが昂《たかぶ》ってしまった。イザベル嬢が受け入れてくれるよう、努力する。貴女の気持ちが大事だし、無理強いもしたくない。……だから、そんな顔をしないで」

ヘンリー殿下はそっと手を離し立ち上がると、困ったような、どこか悲しそうな顔で私を見る。

前世の記憶が邪魔をして、どこかこの世界を受け止めきれずに宙ぶらりんな気持ちでいた私。

こんな不安定な気持ちのまま、ヘンリー殿下の気持ちを受け入れてしまっていいのか、というもやもやもずっと残っていた。

でも……この人にこんな顔はさせたくない。

貴方の想いに応えたい、そして、出来れば共に歩んで行きたい。

「私の方からもお話がございます」

私は立ち上がり、ヘンリー殿下を真っ直ぐに見つめる。途端に心臓が激しく鼓動を打っているのを感じる。

「確かに以前の私は、ヘンリー殿下のお気持ちに応えきれずにいました。貴方が嫌いというわけではなく、私の中で色々と整理出来ない思いがあったのです。でも……」

ヘンリー殿下は私をじっと見つめて、次の言葉を待っている。

うう、そんなに見つめられると話しにくいけど、自分の気持ちを最後まで伝えたい。

「私は、ヘンリー殿下と過ごす時間が好きです。離れていても、貴方のことを思い出します。私は……きっと、ヘンリー殿下のことを、お、お慕いしているんだと……思います……」

あああ、言っちゃった！

熱くなる顔を隠したくて手を頬に当てる私を、ヘンリー殿下が抱き寄せる。

「イザベル嬢、ありがとう。すごく嬉しいよ」

私を抱く腕に力が籠められるのを感じる。

恥ずかしいけど、嬉しい。

「このまま籍を入れてしまいたいところだが、王宮のしきたりで実現するのは卒業後か……。早く結婚して共に暮らしたい」

私もヘンリー殿下との暮らしにはちょっと興味がある。

前世では貧乏暇なしな家庭環境だったこともあり、そこら辺の平民よりガッツはあると思うので、どこに行っても暮らせる気がしているけども。

ただ、この世界には魔獣がいるので、魔の森の近くに住むのは危険そうだな。

あ、そういえば魔獣で思い出したけど、学園で遭遇した魔獣の件はどうなったのだろう。ただ、こんな甘いシーンでいきなり色気のない話を切り出すのも情緒がないし……

なんとなくそわそわしていると、私の異変を感じ取ったのか、ヘンリー殿下がくすりと笑う。

「イザベル嬢、何か言いたいことがあるのかな。私の前では取り繕《つくろ》わなくていいから何でも話してほしい」

私が分かりやすく態度に出しているのか、それともヘンリー殿下が敏《さと》いだけなのか。

なんだか心を読まれているようで恥ずかしいけど、ちょうどいい機会だから聞いてみようかな。

「では、一つお伺《うかが》いしたいことがありまして。ふと学園に侵入した魔獣の件が気になったのですが、あれはもう大丈夫なのでしょうか」

ヘンリー殿下は私の手を解いて、落ち着かせるように私の二の腕をさする。

「ああ、その件か。あの後、学園内の結界を強化したのは知っているだろう？」

「はい。確か、その期間学校が休校になりましたよね」

「それからエスタ卿と何度か話をする機会があってな。実は魔王の動きが見られたので、魔獣の事件に関連していないか警戒していたのだが、今のところ問題なさそうだと判断している。イザベル嬢の持つ闇の魔力が魔王と同じ波形を持っており、その魔力に反応して魔獣が寄ってきた可能性が高い」

「そうなのですか。では、魔獣が大人しかったのも、私を魔王の関係者と勘違いしたということでしょうか……？」

「ああ、その可能性があるとエスタ卿が話していた」

魔力は人によって波形のようなものがあり、同じ魔力でも親和性のあるタイプと反発するタイプが存在することが分かっている。

合う合わないは同じ性質の魔力同士であれば肌感覚で分かるものなので、同じく闇の魔力を持ったリュカ先生だからこそ気付けたのだろう。

なるほど、それならやたらフレンドリーだった魔獣の行動にも納得がいく。

「また同じことがあるといけないから、イザベル嬢の周りの警備は強化させている。私としてはイザベル嬢が怖がるかと思ってあまり詳細を伝えなかったのだが、かえって不安にさせてしまったようですまない」

「いいえ、そんなことはないです！　お気遣いいただきありがとうございます」

腑《ふ》に落ちなかった点が分かりすっきりした気持ちでいると、遠くから怒鳴るような声と私を呼ぶような声が聞こえてきた。

どちらも聞き覚えのある声だけど……

「ヘンリー!!　そこで何している!?」

「イザベル様～！」

「やれやれ、邪魔者が入ったみたいだ」

ヘンリー殿下が深いため息を吐いた後、キインと再び金属音が鳴る。

どうやら魔法を解いたようだ。

ヘンリー殿下の身体で前が見えないので顔をひょこっと横に出すと、アルフ義兄様《にいさま》とクロエ様がこちらに駆け寄るのが見えた。

アルフ義兄様《にいさま》は私とヘンリー殿下の間に割って入り、殿下を睨みつける。

「こんな人気《ひとけ》のない場所にベルを連れ出して、良からぬことを企《たくら》んでいたのではないだろうな⁉」

「まるで人攫《ひとさら》いみたいな言い方するのはやめてくれよ。今は二人だけだが、最初はマリア嬢もいたんだぞ」

クロエ様は心配そうな顔で私の側に近寄る。

「戻ったらイザベル様がいらっしゃらないから心配しましたわ」

「ごめんなさい、ちょっとマリア様とヘンリー殿下と話したいことがあって。食堂は人が多くて騒がしかったから、ここで歓談をしていましたの」

さすがに愛の誓いやら二人だけでの会話やらは恥ずかしいので、あえて詳細は言わない選択をしたのだが、アルフ義兄様《にいさま》は腑《ふ》に落ちないような様子だ。

「とりあえず何もなさそうで良かったけど……いきなり抜け出したら心配するだろう。アーサー殿やマリア嬢も待っているから戻ろう」

皆で食堂に戻ると、アーサー様とマリア様が声を掛けてくる。

「二人ともどこに行ったのかと思いましたよ」

「うふふ。お二人とも、お帰りなさい」

マリア様は含みのある笑いを浮かべている。

うう、先程のことがあるのでちょっと恥ずかしい……

全員揃ったので、残りの片付けを始める。今日はパーティーや婚約の件、ヘンリー殿下とのことなど、色々な出来事があったな。

私は手を動かしながら、ふと前世を思い出してからの出来事を振り返る。

断罪フラグを回避出来るよう、ゲームと同じ悪役令嬢にならないよう、頑張ってこの世界を生きて来た。

でも、蓋《ふた》を開けたら怯《おび》えるようなことは何もなく、みんなとても優しかった。

ゲームとは違い、私達は笑って、時には涙して、必死に生きている人間だ。

そう、ここは決められた選択肢しかない画面越しのストーリーとは違う、生身の人間が暮らす世界なのだ。

そして、周囲の人々を思って行動すれば、それが自身に返ってくること分かった。たとえゲームの補正があったとしても、未来は変えられるんだ。前世と同じように、ここで出会った人達をこれからも大切にしていきたい。

私は、仲間や家族、そしてヘンリー殿下と共に、この世界で生きていこう！

協力して後片付けを進めるみんなを見つめながら、そう心の中で強く誓ったのだった。

この作品に対する皆様のご意見・ご感想をお待ちしております。

おハガキ・お手紙は以下の宛先にお送りください。

【宛先】

〒150-6019 東京都渋谷区恵比寿 4-20-3 恵比寿ｶﾞｰﾃﾞﾝﾌﾟﾚｲｽﾀﾜｰ 19F
（株）アルファポリス　書籍感想係

メールフォームでのご意見・ご感想は右のＱＲコードから、
あるいは以下のワードで検索をかけてください。

アルファポリス　書籍の感想　検索

ご感想はこちらから

本書は、「アルファポリス」（https://www.alphapolis.co.jp/）に掲載されていたものを、
改稿、加筆のうえ、書籍化したものです。

子持《こも》ち主婦《しゅふ》がメイドイビリ好《ず》きの悪役令嬢《あくやくれいじょう》に転生《てんせい》して
育児《いくじ》スキルをフル活用《かつよう》したら、乙女《おとめ》ゲームの世界《せかい》が変《か》わりました

あさひな

2024年 10月 5日初版発行

編集－羽藤 瞳・大木 瞳
編集長－倉持真理
発行者－梶本雄介
発行所－株式会社アルファポリス
〒150-6019 東京都渋谷区恵比寿4-20-3 恵比寿ｶﾞｰﾃﾞﾝﾌﾟﾚｲｽﾀﾜｰ19F
TEL 03-6277-1601（営業） 03-6277-1602（編集）
URL https://www.alphapolis.co.jp/
発売元－株式会社星雲社（共同出版社・流通責任出版社）
〒112-0005 東京都文京区水道1-3-30
TEL 03-3868-3275
装丁・本文イラスト－kicori
装丁デザイン－AFTERGLOW
（レーベルフォーマットデザイン－ansyyqdesign）
印刷－中央精版印刷株式会社

価格はカバーに表示されてあります。

落丁乱丁の場合はアルファポリスまでご連絡ください。

送料は小社負担でお取り替えします。


ISBN978-4-434-34530-2 C0093